ARDAVENA
Editions

Embrasse-moi

Patrick de Friberg

La couverture et les illustrations sont de Brigitte Chambon et l'auteur.

À Dominique Modica.

Mon pote, mon frère.
Tu m'avais dit que si j'analysais ton tas de cendres j'y trouverais un peu de fluor.

« Ce sera de la poussière d'étoiles. C'est pour cela qu'après une belle plongée au bout du monde, tu fumeras ton cigare, ton amoureuse au creux de ton cou. Tu lui demanderas de lever les yeux dans la nuit de l'océan. Je vous y attendrais. »

Pour l'éternité.

Les étoiles, mon pote, nos repères depuis toujours, tes perles du ciel se couchent aussi à Odessa.

L'auteur rappelle qu'il s'agit d'un recueil de nouvelles tirées de son imagination.

La fiction, parfois, rejoint la réalité, celle, universelle, qui façonne notre humanité.

J'ai cru aussi apercevoir, à la limite sombre de la berge,
des traces s'estomper, celles d'un homme et d'une

femme enlacés…

Il est 8h15

L'été. Le ciel montrait cette profondeur infinie d'une journée calme de bord de mer sous un lever de soleil immense, rouge, tremblant, dans sa pleine connaissance que bientôt il nous brûlerait.

Les vagues lentement, mouvement immuable, se perdaient sur le sable. Nos empreintes s'évanouissaient aussitôt marquées.

Nous ne sommes que des ombres, pensai-je alors. Nous ne sommes que des passagers pressés, remplacés, vite oubliés.

J'étais parti sur un coup de tête. La disparition de Dom, cette envie d'amour aussi, celui qui peut détruire, ou tout sauver.

« Autant se faire sauter »

« Mais, alors, mon gars, j'ai une idée, vas-y pour ceux que tu peux aider ».

Ferme les yeux. Imagine. Ajoute tes détails, tes couleurs, ton monde pour créer.

Il est 8 h 15.

La vision de la plage immaculée jusqu'à l'horizon m'offrait ce dont nous avons toujours rêvé, mon pote.

Jamais rassasiés.

Nous nous sommes dit, un jour, pourquoi nous ne les avions pas toutes faites, une par une, pour les comparer.

Et puis tu m'as répondu, sourire en coin, « change-t-on d'amoureuse à chaque fois ? »

Un goéland solitaire me survola et puis elle fut là, un peu plus loin.

Elle ne me voyait pas.

Elle s'avança vers l'eau, d'un pas décidé.

Elle s'arrêta quand ses pieds nus furent juste recouverts d'un voile fin d'écume.

La mer, à l'infini, la caressait.

Elle était grande, les épaules droites, les mains dans le dos tenant un foulard de soie colorée. Son port de tête sous sa blondeur, les cheveux retenus par un élastique au dessin de camouflage, son teint hâlé, son short et sa chemise d'homme nouée sur le ventre, me firent tout de suite penser à un soldat revenu du front.

Je ne voyais que son profil.

Des larmes coulaient, abondantes. Elles suivaient le contour des joues, du menton, pour se confondre, goutte à goutte, à une autre eau salée.

Je t'avais écrit ma colère, avec ce « bof » de la photographie prise le premier jour. Pluie et grisaille.

Notre correspondant, le soir même de notre arrivée

dans un temps d'automne, nous avait montré notre nouveau bureau. C'était la longue ligne des bouées jaunes, ersatz de souvenirs de vacances, encore marquées du sigle des limites des baignades surveillées par les sauveteurs, les dents parfaites offertes aux fantasmes des touristes bronzées. Contraste de la guerre qui rappelle à tous, les jours heureux.

Là-bas, maintenant, la ceinture de sécurité flottante définit la frontière de la mort, une cicatrice abandonnée pour assouvir la haine d'avoir raté la folle, la stupide conquête de l'âme d'un peuple.

Les mines avaient été léguées aux gagnants et leurs liens pourrissaient. Si elles décidaient de dériver vers la ville, elles menaceraient la vie, encore, ce trésor que tu m'as demandé d'user sans limitation de contraintes.

Le travail était simple pour des plongeurs.

Nous avions accepté de vérifier et, si nous le jugions nécessaire, de rattacher les orins, un par un.

Il y avait un risque de nous faire exploser, le matériel soviétique des années cinquante est capricieux, jaloux de l'humanité. Ses mines sont héritées elles-mêmes des stocks de l'armée du Reich.

Pour les cas les plus scabreux, si nous estimions qu'aucun lien ne pourrait retenir le monstre énervé d'être enchaîné contre sa vocation, nous avions avec nous un démineur chargé de le neutraliser. Ledit professionnel s'avéra un peu jeune pour maîtriser ses doigts. Nous le laissâmes après une crise de panique

— mais j'y reviendrai — sur le bateau pour nous conseiller.

Une routine réapprise par cœur, une autre pour vérifier nos qualifications, dans une salle de classe élémentaire abandonnée de ses enfants, les murs encore couverts de leurs naïfs dessins coloriés.

Approche par le bas, stabilisation, les bouteilles à l'opposé, toujours protégées par le corps, jamais en contact, inspection, main gauche sur l'anneau pour tenir la moindre particule de métal loin des aimants connecteurs, main droite sur le socle de l'amorce à observer. Dans notre jargon c'est le DSS, le detonator set screw.

À quelques centimètres, il y a la goupille d'équipage. Tu dévisses le moins rouillé.

Le danger vient des cornes de Herz, comme les nomment les techniciens. Tu vois, ce sont les sept excroissances qui sortent de la boule.

Pour nous, ce sont les rhinos. Il y en a une huitième cachée en dessous, les ingénieurs étaient des cachotiers.

Ils contiennent une solution chimique, une jolie poudre rouge, du bichromate. Elle se répand vers des plaques, une de carbone, une de zinc, lorsqu'ils se brisent à l'impact d'un objet.

Les Allemands étaient ingénieux pour provoquer la mort à moindre coût.

Réaction chimique entre la poudre et la plaque. Une seule étincelle de batterie, et boum !

Prendre une photo si possible pour le démineur. Après, attente d'un reflux de la mer et barre-toi, tu seras épuisé, ton binôme continue, si tu considères qu'il n'y a pas de danger.

Remonte à la surface.

Si tu n'as pas le temps d'atteindre l'annexe, tu es quand même sain et sauf, parce que s'il déconne en dessous, tu n'auras que les jambes brisées par la pression de l'explosion, et tu sauveras ton crâne d'œuf, s'il est à l'air libre.

Au début, tu vas pisser dans ta combinaison en lâchant la mine.

Après tu t'habitueras.

Approche du second, le démineur. Son nom est écrit sur la fiche de sécurité pourtant, il ne descend plus. Ne sois pas impatiente, tu en connaîtras la cause, dans une lettre qui suit.

Stabilisation, inspection, main gauche sur l'anneau, retire ensuite le petit DSS.

Les cinq rhinos laisseront alors les navires, le port et ta gueule, tranquilles jusqu'à ce que l'armée ait d'autres chats russes à fouetter, pour les remorquer en haute mer et les faire sauter.

Si les marins soviétiques ont voulu opérer un bon boulot pour sauver les vies de leurs frères qui les déplaceraient, alors les pas de vis sont encore bien graissés.

La mort est vaincue.

Vous vous retrouvez à l'air libre et rigolez comme

des gosses de la blague jouée au destin. Ensuite, vous rentrez.

Une par jour, c'est assez.

C'est bien payé, tu verras.

Juste une grosse semaine.

Il est 8 h 15.

Nous étions arrivés depuis six jours. Le cul dans le sable frais, je terminais mes élongations.

J'ai mal partout.

Au retour, tu ne me reconnaîtras pas, la peur, le soleil et la mer font fondre les graisses des bourgeois qui croient encore en la paix éternelle.

Elle s'avança comme le premier jour.

Sa chemise avait été remplacée par un tee-shirt kaki, marqué dans le dos d'un smiley explosé de rires.

L'élastique était rose, ses cheveux plus courts. Toujours les mains derrière le dos, toujours ce même foulard serré à blanchir les jointures.

Ses larmes se perdaient dans la houle paresseuse. Elle resta là, tournée vers l'horizon.

Le monde autour d'elle n'existait pas.

Mon jeune compagnon du dérouillage était natif du coin, excellent plongeur qui, sous l'eau, promenait de gros Russes en villégiature en cet avant auquel il ne faut plus songer. Il suivit mon regard, soudain concentré.

– La connais-tu ?

– Oui, c'est Natalia, elle est lieutenante d'artillerie. Nous avons une grosse partie de femmes combattantes dans notre armée.

– Elle vient souvent sur la plage, au même endroit, je pense chaque fois qu'elle est au repos.

– Deux jours de combats, deux de récupération ici. Le front n'est pas si loin. Je connaissais son compagnon. Ils se sont mariés le lendemain de leur engagement. Les premiers volontaires. Une semaine plus tard, il sautait sur une mine. Un matin d'hiver.

– À 8 h 15.

o o o

L'été.

La guerre n'a pas de saisons.

Le ciel montrait cette profondeur infinie d'une journée calme de bord de mer sous un lever de soleil immense.

La même que partout dans le monde en paix, la même que l'on soit heureux ou non, celle qui soigne les souvenirs noirs les plus ancrés.

Les vagues se perdaient sur le sable, flux et reflux, et encore, si lentement, les mouvements immuables de l'horloge du temps.

Nos empreintes s'évanouissaient aussitôt marquées.

Ferme les yeux.

Laisse-toi porter.

Il y a l'odeur de l'iode sous la brise douce qui déplace les grains les plus libres.

Il y a à côté de toi, le goût de ma peau salée, bien brûlée, les cheveux trop longs toujours plus blancs : jamais autant changé que depuis le 2 juin 2023.

Un mètre à droite, il y a le jeune Icarius, parce qu'il explique que son père est professeur de latin grec. Il est penché sur un bouquin, un format poche tout pourri, un roman de gare comme tu en trouves ici.

La couverture cartonnée est tachée des journées à attendre sur la jetée que l'équipe précédente revienne en entier, pour embarquer, avec les muscles du ventre noués.

« Cette certitude oubliée par l'habitude » t'avais-je encore écrit, que nous n'étions que des passagers, ma nouvelle religion en la fin d'un tout, imprévisible, comme de prouver son amour, acte aussi fou que celui de perdre un frère d'armes.

Il est 8 h 15.

La vision du rivage immaculé jusqu'à l'horizon m'offrait ce silence intérieur nécessaire à la survie.

Le goéland solitaire nous survola, planeur entre deux éléments, sans un cri, toujours cette répétition de l'ordre du Temps.

J'attendais Natalia.

J'étais le spectateur impatient, à la conviction que

les larmes cesseraient de couler sur le sable blanc, que cet instant nous laisserait être les seuls témoins.

C'est là que j'ai eu le pressentiment que je devrais te raconter : soudain, il est 8 h 15 pour l'éternité.

La plage est vide, les pleurs ont gonflé l'écume. Ce n'est plus la fine dentelle habituelle qui habillait ses pieds nus.

Natalia n'est pas revenue du front.

Ce moment d'une histoire qui change l'autre et son pompeux H majuscule.

Un couple a éclaté de rire de bonheur. Non, je ne me suis pas trompé, l'écho de leur plaisir résonna vers nous.

J'ai cru aussi apercevoir, à la limite sombre de la berge, des traces s'estomper, celles d'un homme et d'une femme enlacés à l'endroit exact où Natalia venait se ressourcer.

L'ami : « c'étaient des mouettes, n'est-ce pas ? » a-t-il chuchoté, comme s'il ne voulait pas déranger les fantômes. Il gardait cet air étrange de celui qui doute de ce qu'il a vu et entendu.

Nous avons fermé les yeux, j'essaye encore de retrouver toutes les particules de ce moment. Un silence, le cœur qui s'accélère, cette émotion qui te serre le bide, à vouloir courir vérifier qu'elle n'est pas là, autre part, à l'autre bout de la plage.

Nous avons dû rêver, ou alors l'espace-temps s'est

contracté.

Juste pour Natalia et son amoureux, juste pour un témoin, cet écrivain de passage qui ne devrait pas être là.

Juste pour que je parvienne à te révéler cet instant.

Juste pour que je tente de laisser par les mots la mémoire de cette plage infinie, ce paradis qui vivra, jusqu'à la fin, cette putain de folie de notre minable humanité. Juste, injuste.

« Dans le rayon de soleil qui traversait un hublot de l'épave, tache orangée mêlée d'ombres bleutées, elles étaient toutes là… »

Le vélo jaune du poisson rouge aux yeux bleus

Si tu regardes la carte en remontant ton doigt vers l'est d'Odessa, tu vas trouver à une vingtaine de kilomètres, avant l'embouchure d'un de ces quatre bras de mer qui font de la ville ce port, un petit estuaire.

C'est un renfoncement en forme de rectangle, un ancien lit de rivière colonisé par l'homme et ses usines.

C'est moche, c'est triste, c'est en partie détruit par les premières frappes des Russes de février 2022.

Un vrai coin pour passer des vacances inoubliables en famille pour les dégoûter à jamais de te demander de partir en voyage.

Juste à gauche de ce port industriel, tu as notre dernière plage à nettoyer.

Elle borde un marécage nauséabond qui se transforme en savane l'été. Ça a son importance, parce que c'est le biotope que privilégient mes copines aux yeux bleus.

L'automne, les mines antipersonnel flottent, en août, elles explosent sans raison, matériel datant d'une guerre ou même moi n'était pas né.

La blague du jour à l'hôtel est que le soldat russe se plaint auprès de sa hiérarchie que son char recule tout seul vers Moscou.

Et puis, il y a la plage qui pourrait être magnifique.

Je te la montre d'un tour de main.

« Y a du potentiel, m'dame ! Un peu d'huile de coude et ce sera un paradis ».

Je l'y amènerai bien pour m'y plonger tout nu avec elle serrée. Mais bon, là, c'est miné, c'est couvert de déchets et même les chiens ont disparu.

Les Russes sont arrivés jusque-là.

« Quand les goélands sont aussi gras, ça cache une réserve de nourriture qu'il vaut mieux éviter de chercher. »

Le plus important c'est qu'ici vivent les killis aux yeux bleus.

Je ne connais pas leur nom savant, juste qu'ils ne devraient pas être de ce côté de la mer Noire. Je les avais approchés au Togo.

La remontée vers la mer Noire a dû être une sinécure.

Ou alors, me soumet le guide, des abrutis ont vidé leurs aquariums en entendant les premières bombes siffler.

Ce sont des poissons rouges effilés, nageant en bandes serrées, timides et curieux. Oui, tu as deviné. « Faut pas m'la faire, celle-là . » Le premier que j'ai vu me téter le masque était une femelle. Je lui ai tendu mon index et elle s'est frottée dessus.

Elle avait de jolis yeux bleus. Je l'ai aussitôt baptisé Princesse Marie, comme il se doit.

Nous étions trois sur une épave de barge militaire. Une vraie plongée plaisir après la semaine sur les mines. Déjà une nouvelle palanquée nous avait remplacés. Cinq jours par civil, après ils t'offrent un bilan de compétences et d'équilibre psychologique.

C'est bien pensé. Notre monde de riches aux ventres gras est lié à tous ces trucs de cellules psy pour se protéger.

Ici, pourtant, ils font la guerre.

Tout simplement.

Nous vérifions si le bateau était piégé, s'il y a du matériel à récupérer et plus si les démons nous ont précédés : nous avons eu de la chance, car remonter les cadavres pour identification et remise aux familles n'est pas une œuvre à désirer pour des vacances à la mer.

C'est arrivé à la palanquée du matin, un couple de civils abattu et lesté d'une lourde chaîne au nord de la plage.

Les plongeurs feront des cauchemars jusqu'à la fin de leur vie.

Surtout à se poser la bonne question : mais pourquoi des salopards les ont descendus ? C'étaient des jeunes, habits occidentaux et plus aucune trace des portefeuilles dans leurs poches.

○ ○ ○

Miss Marie était donc là, coin droit du masque, vers le haut.

Si je ralentissais, elle m'attendait, si je riais — des bulles en nombre qui fusent — elle jouait de leurs mouvements.

Dans l'épave, elle fut rejointe par d'autres qui bientôt entourèrent ma tête.

Mes deux compagnons se pincèrent le nez entre les doigts pour indiquer que je puais et attirais les mouches.

Je savais pour ma part que les fées étaient là pour moi, juste parce qu'elles me sourient toujours.

Princesse Marie — j'avoue, une fois dans le groupe « yeux bleus, corps de rêve » elle pouvait être n'importe laquelle des copines — tira ses congénères vers la poupe.

Je suivais doucement.

Elle se glissa par la porte de la cabine, je m'y faufilais après avoir passé mes bouteilles sur ma poitrine pour ne pas les cogner à l'acier des ouvertures étroites.

Descente dans le monstre endormi, la baleine de Jonas.

Tiens, en passant — juste pour te faire bâiller un

peu — il y a deux récits autour de cet ogre qui avala le prophète.

Dans l'un, le ventre de la baleine est le lieu où se forment les montagnes.

C'est mon pote Laurent Guillaume qui a dû l'écrire depuis sa grotte d'Annecy.

Il est immortel le garçon, c'est dû à la qualité de son whisky.

Dans l'autre, plus au goût du jour, le monstre abrite l'antre des morts.

Ma préparation psychologique pour que tu trembles en descendant l'échelle qui mène à l'enfer, est-elle au point ?

Musique funèbre et Captain plonge vers le Styx.

∘ ∘ ∘

Encore une nouvelle ouverture par où se glisser, parce que la porte était un peu bloquée. Je pousse avec les pieds, le dos appuyé contre le chambranle, mais tout doucement pour ne pas tout effondrer ou dégager une poussière qui envahirait l'espace pour tout cacher.

L'action ajoute du frisson au récit, bien sûr, mais aussi de la sueur et des bulles précieuses à avaler.

La Princesse passait ses yeux bleus de temps en temps avec cet air du « mais tu fous quoi, là ! C'est de l'autre côté ! Magne-toi, le gros!».

Après un interminable temps d'efforts, j'eus, enfin, la récompense de ma croyance qu'elle me préparait une surprise.

J'entrai.

Dans le rayon de soleil qui traverse un hublot, tache orangée mêlée d'ombres bleutées, elles sont toutes là à attendre ma réaction.

Du genre : sourire — le filtre à cigarette au coin des lèvres sur un canapé de la rue Dabadié, une phrase à la Audiard prête à dégainer —.

Elles me désignent, presque des deux nageoires pointées, le trésor qu'elles me réservaient.

Oui, d'accord, tu as lu le titre en premier, merci au spoiler pourri… Merci de rigoler de moi à ce moment de mon écriture.

J'ai pourtant découvert le magot de Rackham le Rouge. Pas moins. Et encore, lui, il ne fut jamais retrouvé.

Une bicyclette d'enfant, jaune poussin, sans une poussière ni vase collées dessus. Un vélo déposé au centre parfait d'une table déglinguée, elle-même installée au centre du monde.

Un ressort de béquille en inox. Un joyau en argent scintillant de bleu et de blanc.

Il y avait sûrement une histoire derrière l'objet, un

instant, des pourquoi, des comment.

Je te les offre à inventer — L'auteur se retire pour laisser la magie se poursuivre dans chacun de tes rêves. Tous ces soupirs, tous ces cauchemars, tous ces rires —

J'avais un récit d'ici, moins drôle que j'ai aussitôt repoussé, et puis soudain je me suis souvenu de ce petit Soudanais.

Si tu as lu Dossier *Déïsis*, il est dedans, mon petit saint. Je l'ai rencontré lors d'un voyage au Soudan pour l'Aide Alimentaire Mondiale.

L'enfant était si petit, si seul.

Il jouait dans une cour désertée des adultes. Il traînait un arrosoir en plastique jaune, un gadget pour gosse. Il riait aux larmes, en me voyant approcher avec une gourde ouverte. Dans l'autre main, j'avais déposé dans la paume un sucre, miracle pour ne pas l'effrayer.

Une technique de dressage obligée.

Le ventre gonflé des privations, les lèvres brûlées, les yeux infectés par les piqûres des mouches.

Il faisait partie des familles que nous devions rapatrier.

Il tenait son trésor, encore plus beau que le mien. Personne n'a même pensé à lui enlever.

Je me demande souvent ce qu'il est devenu, terroriste peut-être, ou plongeur, un bon Dive Master, yeux clairs et dents éclatantes.

Amoureux d'une jolie fille qui l'attend au bord de la plage, ou alors il fait tomber comme des mouches les touristes pressées.

Le vélo jaune m'a souri.

Non, je ne le toucherai pas. Je le laisserai dans le magot des poissons rouges aux yeux bleus.

Il n'y a plus de pirate ici.

Il n'y a pas d'autre trésor caché, différent de ces horreurs qu'ils nous ont abandonnées.

Il y a mon sourire et l'envie de rentrer dans ma chambre pour coucher cette histoire sur le papier.

C'est l'ironique clin d'œil de l'aventure, celle qui nous jette à la gueule des récits, ces futures légendes écrites pour nous réveiller.

Je suis parti deux fois, là-bas.

Personne ne l'a su.

Dom serait fier de moi. La liberté n'a pas de prix, pas de préparation, aucune négociation.

« Tes valises de souvenirs. Toujours plus lourdes à
traîner. »

L'enfant et le vélo jaune de la fée aux yeux bleus.

Coucher de soleil, magnifique, retour et fin de journée. Nous avons terminé une belle plongée profonde, dans les quarante mètres, un peu technique, avec un courant de marée important.

Sur un fond de boues et de déchets, nous traversâmes un nuage poisseux en sépia, images de l'ancien Londres mal famé.

Nous avons croisé un petit banc de thons. Ils sont gras, information que les pêcheurs sont absents de la zone.

Nous avons nagé en bord de plage, puis une heure en quadrillant notre section à vérifier. Rien à signaler, juste un coup de soleil sur le cou, et mon nez qui sera enduit d'antiseptiques ce soir.

Je me suis vautré sur l'échelle de coupée.

Tu n'imagines pas les blagues autour de mon appendice.

Ils se déchaînent. Je me vengerai.

Nous partirons peut-être plus tôt de l'hôtel, d'après les rumeurs du concierge. Peut-être dès lundi.

J'attends des nouvelles.

Le quatre étoiles Nemo était le palace de la ville avant la guerre, avec des suites à plus de huit mille euros. Aujourd'hui, nous sommes une cinquantaine de convives, ONG et journalistes, qui devraient descendre au sous-sol à chaque alerte.

Maintenant, plus personne n'y fait attention, tous lèvent la tête, ils écoutent les sons des moteurs des missiles et des drones iraniens.

Les vieux reporters te disent, entre deux gorgées de whisky, «tiens, c'est un Chahed 126, parce que le 139 ne miaule pas».

Il y a cette permanence de la résilience de se croire indestructible.

Ils sont des drogués de la guerre.

Ils n'ont, mais ils ne peuvent se l'avouer, aucune envie de rentrer chez eux et retrouver le confort d'une vie familiale.

Leur cerveau leur explique tout, mais ils n'entendent rien.

Je le remarque à leurs gestes quand ils appellent au téléphone leur épouse, leurs enfants. Ils sourient, mais ils regardent ailleurs.

Il y en a au moins un qui rêve pourtant de retourner un jour gratter le dos de son amoureuse.

Depuis les dernières attaques de missiles sur la ville, depuis la destruction de la cathédrale, nous avons fini le principal travail qui justifie nos trop gros salaires — les ONG sont plus riches que les Ukrainiens —.

Il paraît que l'armée a percé, la première puis la deuxième ligne de défense dans la région d'Orikhiv et que les Russes se débinent. Ça sent le pâté à la mode Cosaque (oui, les Cosaques sont ukrainiens. Rappelle-toi ce tableau de l'Hermitage à Saint-Pétersbourg qui doit faire mal au cul à Poutine chaque fois qu'il passe devant, Les Cosaques Zaporogues écrivant une lettre au sultan de Turquie). Zaporogues, comme la ville de Zaporijjia.

Bon, tu t'installes bien, ça y est ?

Je plonge.

Il y a, au 5 de la rue Oleksandra Matrosova, à deux pas de la plage d'Odessa, un magasin de cycles qui fournissait aux touristes, avant la guerre, des vélos pour un rien en euros et même, pour les plus riches et les plus gros, avec entraînement électrique.

Aujourd'hui, il vend moins, mais répare beaucoup. L'essence est trois fois plus chère que chez nous, elle est en plus rationnée.

Mais, ça, c'est la fin de mon histoire.

J'ai appris à me méfier de ta réaction, tu sais ce « ben, je m'en doutais, tu l'avais déjà préparé celle-là dans ton titre. ».

Donc je me la pose en premier pour profiter de ton rire.

Pour ton information, l'endroit est ouvert demain lundi jusqu'à 19 h.

Ça ne t'aide pas, mais ça me fait marrer ce genre de détail pourri.

À la suite de la nouvelle d'hier, je te remets en situation.

Nous étions rentrés nous détendre.

Nous avions quitté notre baraquement, bien sympathique dans les jardins d'un consulat, pour un super hôtel.

Une autre équipe, un peu plus mili, genre opérations spéciales, devait nous y remplacer.

Nous pouvions enfin, récompense ultime, prendre un spa et picoler « all included » un peu beaucoup de ce rosé local qui doit être un médicament pour forger les ulcères l'hiver.

J'ai vite arrêté pour revenir aux fondamentaux.

L'été, tout ce qui est frais est bon, sauf le vin étranger.

« Surtout, si tu le bois sur un canapé en te faisant masser le cou et après que tu m'embrasses » ajoutes-tu.

Je te rejoins, là, parce que rien n'est mieux qu'un verre partagé avec un être aimé.

Les jambes dans la direction du port, posées sur un pouf en simili cuir, la tête et les pensées vers la France, oui là-bas, je leur racontais que j'avais trouvé un trésor, mais qu'une escouade de fées le protégeait.
– Je ne crois pas aux fées, mais les trésors, ça me parle.
Fut la première réaction entendue.

J'en convins, je suis adepte des faits, plutôt. Un pactole secret lié à une histoire de légende, ça se cherche toute une vie, et c'est sa découverte qui change le monde, même si c'est un tout petit.

– Tu nous en dis plus, Captain, maintenant que tu nous as fait promettre de ne pas y retourner ?

Je la fis plus longue que dans ta nouvelle sur les killis aux yeux bleus, bien sûr.

Je me devais d'ajouter dans mon scénario improvisé des obstacles et des difficultés, des monstres et des pieuvres géantes.

J'ai même pu placer la baleine qui m'avait avalé pour me recracher avec un « ça a le goût de caoutchouc, les humains, je préférai les gros Russes tout gras et huilé au monoï. Vous saviez qu'on pouvait les cuire au monoï ? »

Quand j'arrivais à l'épave du Titanic qui était planquée dans les soutes de la barge, ils pleuraient de rires.

C'est un véritable petit bonheur d'observer ces gens cassés quand je les sors de la bulle qu'ils se sont créée.

C'est ma mission du soir, avec mon mauvais russe mêlé d'anglais. J'ai un bel auditoire, après ces dix jours qui me paraissent une année.

J'ai repris un verre, ce sera ajouté à la note de nos hôtes.

– Un vélo jaune pour gosse. Dans la lumière scintillante de l'orange, je crois, mais je suis daltonien. Le vert serait moins joli dans une fable, ou alors ce serait plutôt émeraude. Il y avait ce rayon qui traversait un hublot intact qui l'éclairait, pile sur lui.

Surtout, il y avait mes amies les poissons rouges aux yeux bleus, commandées par Princesse Marie. Elles étaient alignées toutes au garde-à-vous, les nageoires à angle droit me désignant le trésor. Vous imaginez la scène ? Pas une écaille qui dépasse, du plus petit au plus grand et, à l'ordre précis de leur suzeraine, la palme tombe à gauche, sans manches relevées, et d'équerre ! Le reste de la cabine était dans une ombre miroitante d'or et d'argent, un reste de la poussière du pirate sûrement. Le sol et les murs étaient des drapés de rideaux lourds de pourpre à peine tâchés de rouille bactérienne. Votre barge aurait été plus bouffée par les pollutions industrielles que le Donator ou le Thisletgorm si elle n'était pas protégée par un peu de la magie des eaux des fées.

Tu remarques que raconté comme cela mon récit a de la gueule. Il faut un peu de théâtre pour capter son auditoire.

Je vais me faire embaucher par Disney, après ça.

C'est le moment où je t'explique le truc qui déclenche l'écriture.

Tu sais bien que j'ai été témoin de zones de conflits, le Soudan, la Somalie, le Liban et puis la guerre civile ivoirienne. Il y a aussi tous mes séjours dans les pays où la misère côtoie des richesses insensées.

J'ai constaté, il y a longtemps, que tu dois te concentrer un peu sur le beau, pas la perfection, juste pour ne pas courir le monde avec des valises de cauche-mars forcément toujours plus lourdes quand tu voyages dans le temps.

Tes valises de souvenirs. Toujours plus impossible à traîner.

Tu te crées avec l'âge, une résilience, une perma-nence au Bien, à l'amour et une folle nécessité pour la survie, de vivre plus que de résister.

Sans trop chercher, tes yeux s'ouvrent.

Ils ne cachent pas la vérité, ne changent pas l'his-toire.

Tout simplement, tu découvres autour de toi des couples amoureux, des enfants qui rient, des hommes et des femmes qui rêvent.

Je prends des photographies de toutes les fleurs qui s'épanouissent, juste pour les remercier.

Je te les envoie, pour qu'elles existent.

Ici, il y a ces histoires magnifiques.

Il y a cet auteur et poète de Butcha qui écrivit tous les jours dans son journal, avant d'être dénoncé par un voisin jaloux et qui fut torturé et massacré. Il a enterré son écrit sous un petit arbre. Ses vieux pa-rents ont retrouvé le manuscrit.

Il était caché dans un sac-poubelle, dix litres. Une marque française.

Il y a ce violoniste dans une rue défoncée.

Il y a ce piano à queue à Marioupol.

Il y a ce chant d'enfant entendu dans une cave lors d'un bombardement, et tous les soirs cette foule entonnant des tubes des Beatles dans le métro de Kiyv.

Il y a ton sourire et tes soupirs quand tu me fais l'amour.

Il y a mon vélo jaune abandonné dans une décharge marine.

Icarius me sortit de mes pensées, je l'avoue, quelque peu alcoolisées.

– Tu n'as pas oublié Natalia, n'est-ce pas ? Tu m'as dit que tu allais écrire un livre sur son fantôme, non ? Nous pourrons le lire ici ? Personne ne parle le français.

Il me tendait son verre. Ce soir, je suis le maître des bouteilles, un Français, quoi.

– Promis, je vais l'écrire. Comment veux-tu que j'enterre le souvenir de ta lieutenante ?

– Ta découverte est amusante. Le vélo jaune, j'en connais un autre. Il y en avait un réservé pour son petit frère. Pas ton trésor, parce que la barge revenait de Crimée, ce serait trop beau. Le sien, je crois qu'elle l'avait commandé à Fortis Bike, à deux pas d'ici. Le gosse en parlait tout le temps. Et puis, c'est la guerre, tout le monde a oublié.

Encore une fée qui pense à moi.

Nous avons pondu ces grosses larmes que nous retenions pour tout, « tout ça et puis encore, et encore ».

Mes kilos perdus sont sûrement ces litres que j'ai

versés depuis ces dernières semaines.

Le matin, j'étais excité comme une puce dans une décharge d'uranium, parce que j'avais une idée folle, une décision à prendre, mais je n'ai pas voulu t'envoyer un message trop tôt, c'est samedi, tu as dû faire la fête vendredi soir — veinarde —.

Je n'ai pas dormi.

Quarante ans sans cigarettes. J'ai fumé clope sur clope sur le balcon, à contempler la mer, à attendre les missiles, à regarder si les fées éclairaient l'écume.

À la première heure, Icarius m'a rejoint pour un café et nous sommes partis, pressés.

Nous étions en cinq minutes tous les deux devant la porte fermée du vendeur de vélos.

L'homme nous a ouvert, prudent, d'abord une tête inquiète, puis il a reconnu mon compagnon.

Il a entendu avec stupeur ma demande.

Non, l'étranger, présenté par mon surnom de Captain par Icarius, ne désirait pas un truc de course avec mille vitesses, pas d'un cadre en carbone, même d'occasion, pas de selle en cuir Vuitton, mais « j'ai aussi du Chanel avec des petites pierres précieuses. »

Les riches Moscovites en vacances en raffolaient. C'était avant qu'ils ne deviennent l'ennemi total, une rupture irrémédiable, la séparation forcée par des fous de peuples frères qui ne demandaient qu'à continuer à s'aimer.

Je répétais ne vouloir lui acheter qu'un petit vélo jaune, pour un enfant de huit ans.

Une vieille commande faite chez lui, oubliée par la guerre depuis deux ans, déjà.

Et surtout, le plus important, avec ce ressort argenté qui tient la béquille.

Il a mis une heure à trouver la réplique de mon trésor. Son stock est une catastrophe — «pour les impôts c'est beaucoup plus pratique», nous a-t-il avoué —.

Après un «je suis désolé, mais, si vous payez en cash, et en euros, hein? Je peux le céder, parce que là, dans mon inventaire, il paraîtrait que je l'ai déjà vendu, vous comprenez? Faut être propre dans la comptabilité, sinon, vous vous faites vite allumer. Je vous l'emballe?».

Je lui réponds ma vieille blague que mes mots n'arrivent pas à transformer pour qu'ils atteignent son cerveau. «Non, c'est pour consommer tout de suite».

J'en conclus qu'il survit avec les moyens simples qu'il a à sa disposition.

La résilience de guerre permet aussi les affaires.

Nous sommes repartis, moi fier comme un bar-tabac, mon trésor de fée sous le bras et pas emballé.

Nous étions pressés, pas par la plongée, elle était prévue pour l'après-midi et pas en matinée. Le week-end, ils craignent des salves redoublées de missiles, juste pour effrayer une population qui à chaque nouveau mort est toujours plus déterminée : s'ils n'ont plus de munitions, alors les bébés inventeront des cocktails Molotov avec leurs biberons.

Taxi, une petite demi-heure et l'enfant était devant moi.

Dans la voiture, je me faisais aussi le commentaire que la plupart des gens n'auraient jamais remarqué la magie de ce jouet oublié au fond d'une épave. Moi, je le voyais tout neuf, eux, certainement tout rouillé. C'est tout simplement parce que j'ai cru suivre dans le courant les poissons rouges aux yeux bleus.

Il faut se concentrer sur le beau, même le minuscule, c'est une pratique sportive que j'avais laissée de côté. L'entraînement revient avec l'usage.

o o o

Le garçon ne voyait pas le Français qui s'approchait.

Il n'avait le regard que sur son rêve de gosse inachevé.

Il n'avait jamais oublié la promesse du vélo jaune.

Les adultes sûrement, parce qu'ils vivent dans le « demain, peut-être ». Les urgences changent avec la nécessité.

Il savait que son cadeau arriverait un jour, même

sans sa grande sœur.

Nous ne regrettons pas assez ce temps de notre enfance où le merveilleux est plus important que le réel, c'est aussi pour cela que je suis devenu écrivain au lieu de fonctionnaire, commercial ou simplement salarié.

Il le regarda en détail. Passa l'index sur le ressort brillant comme de l'argent.

– C'est bien le mien. Tu l'as retrouvé où ?

Il me l'a pris, sans un merci.

Le trésor promis à un enfant trouve toujours un propriétaire évident.

Icarius parlait à ces parents, plus loin.

Ils étaient tout sourire et puis ces pleurs, qui me poussaient à me concentrer plus fort sur le garçon.

La dame sanglotait sur l'épaule de son mari. Ils étaient restés jeunes et beaux.

Nous n'étions que tous les deux.

– *Goluboglazaya feya*. C'est la fée aux yeux bleus qui me l'a donnée pour toi. Elle vit parfois dans la mer, je t'indiquerai un jour où la trouver, quand tu seras devenu plongeur comme Icarius.

Je n'ai pas pleuré, là aussi ! Quand même pas tous les jours ! J'ai surtout rigolé en imaginant les 23 euros dépensés ! Le prix d'un vélo déjà vendu, rue Oleksandra Matrosova.

Oui, parce qu'offrir un cadeau de cette taille à un

enfant inconnu, et de ta part en plus, je ne pouvais qu'engager une dette sans t'en parler auparavant.

La bicyclette avait trouvé sa maison.

C'est une licorne, mais jaune, de toute façon, je confonds les couleurs.

Elle va dormir sagement auprès d'un gosse aux yeux émerveillés, j'en suis sûr.

Il va la regarder toute la nuit, et le jour suivant, il va la caresser.

Lui n'écoutera pas sa maman lui crier depuis le pas de la porte de prendre son petit-déjeuner avant de sortir dans la rue.

Il passera et repassera devant les maisons de ses copains, les épaules dressées et la tête droite.

Ils vont lui demander de lui prêter, « juste un tour, s'il te plaît ! ».

Il hésitera, une hiérarchie des plus amis que l'autre se créera.

Devant une petite Elena ou bien une Natacha, il fera une roue arrière avec une seule main sur le guidon.

Elles chuchoteront entre elles qu'il est beau sur son vélo.

Mais, le plus important, il le sait, c'est qu'il ne révélera jamais, il me l'a garanti, qu'il a reçu le cadeau de la fée aux yeux bleus.

Un jour, adulte, collé à son amour, il lui avouera qu'elle est aussi jolie que la fée et là, libéré de ses promesses envers moi, il parlera de son trésor jaune, au ressort argenté.

Le vélo grince dans un jardin, à l'ouest d'Odessa.

C'est un faubourg tranquille.

La bicyclette est bien plus importante qu'un cadeau, parce qu'elle est le morceau de la magie qui permet tout, le retour des rires et la guérison des cicatrices.

J'ai une banane qui ne me quitte plus, une de celle que je ne peux expliquer.

Un truc aussi considérable que le lendemain d'une nuit d'amour avec une fée.

○ ○ ○

J'y pensais en plongeant, je n'avais qu'une envie, celle de te raconter, mettre en paroles cette nouvelle.

Rien n'était si important que trouver les mots pour que tu les offres à ton tour à d'autres.

Quand je partirai d'Odessa, ce souvenir hantera toute ma vie. Ces grands yeux noisette, ces joues rouges de plaisir, cette assurance que sur un petit vélo jaune, un enfant est le maître du monde

Il faudra que tu fasses le voyage.

Y aller un jour, quand la guerre sera loin.

Tu lui rappelleras que j'ai retrouvé son vélo jaune.

Tu te présenteras, « je suis l'amoureuse du Captain, ce petit jouet du destin. »

Mais, avant, tu rendras visite à mes copines, les fées de la mer Noire, les poissons rouges aux yeux bleus.

Tu les guetteras au dehors de la barge, près de la plage nettoyée et devenue si magnifique au coucher. Le repère des amants.

Elles ne seront pas longues à te rejoindre, le temps de vérifier si tu es bien la personne que je leur ai présentée, celle qu'elles attendaient.

Elles sauront où te conduire, juste pour te rassurer, juste pour prouver à mon envoyée que le trésor est toujours protégé, dans une chambre aux rideaux rouges, le sol scintillant d'or et d'argent, sous un rayon de soleil parfait.

Si je suis encore là, tu me raconteras, émerveillée, comment elles t'ont guidée.

Quant aux baleines, elles sont mes dieux,
mes frères et sœurs.

.

Le bon Dieu, les anges et la baleine

Une légende ukrainienne raconte qu'au début de tout, la terre n'était qu'un océan habité d'anges et de baleines. Dieu avait déjà disparu.

Une fois de plus, il s'occupait ailleurs, si convaincu que sa création était parfaite.

J'aimerais le lui rappeler.

Je suis depuis longtemps étonné qu'il nous ait laissé les démons, ses mêmes créations, soi-disant pour prouver notre liberté de choisir. Celle, finalement, de nous prendre à notre tour, dans ce « presque » à son image, pour des dieux ratés.

J'adopte cependant toute l'histoire de la légende, cette intuition des milliers de générations qui nous ont précédées.

Elles ont cru pour se rassurer que la complexité de l'humanité ne fût pas due au hasard, cet impossible, mais liée à une volonté cachée.

Je me permets d'ajouter qu'à ma connaissance, les anges ont un corps pas si asexué que cela. J'en connais.

Quant aux baleines, elles sont mes dieux, mes frères et sœurs.

Elles sont tellement plus civilisées que notre simple capacité à nous réunir pour nous détruire en ego partagé.

Chez elles, il y a les amoureux qui changent de familles et apprennent une nouvelle langue pour rejoindre leur belle.

Parfois, elles sont rejetées, trop impatientes de prouver leur spécificité. Le plus souvent, elles sont acceptées, participent à ce mélange génétique qui est l'essence de l'évolution.

Il y a celles qui chantent sur des milliers de kilomètres. Elles sifflent et elles modulent que les migrations des sardines ont commencé et qu'il faut se hâter de profiter du menu du grand Cuisinier.

Elles chuchotent leurs amours.

Elles discutent des hommes et des dieux. Ceux qui modifient la planète, les autres qui expliquent le Temps de la Terre.

Elles sont si différentes de cette espèce invasive qui se détruit, tout en préférant ignorer qu'elle va disparaître.

Il y a ces mélodies des nouveaux mariés qui viennent avec des attouchements doux et délicats, ces cris des jeunes en classe maternelle qui se chamaillent sous la surveillance d'une grand-mère ou d'une femelle infertile.

J'ai été le témoin de leur colère quand le danger ne peut plus être évité.

J'ai vu ces orques redoutables et trop gourmandes

des plus faibles, assommées et massacrées qui s'enfoncent doucement, épaves vivantes, vers l'abîme pour nourrir les calamars géants.

Elles s'évanouissent sous des chants puissants de victoire.

Les baleines sont semblables aux chérubins des premiers temps. Elles patientent, elles savent attendre. Elles seront là quand nous expirerons.

Plus tard, dans cette légende slave de la création, parce qu'il y a toujours un après avec Lui qui ne se mérite pas, qui nous en met plein le cul de malheurs et de « c'est parce que tu le vaux bien », le Diable, l'un des anges les plus honorés, bâtit des montagnes.

Là, l'homme naquit pour les défendre ou les désirer, souvent les deux ensembles.

La jalousie, la haine et le médiocre s'affrontèrent à l'amour.

À ce moment du Temps, les anges décidèrent d'aller se faire voir ailleurs.

Ça, c'est ma variante personnelle, parce que j'ai rencontré tous les démons.

Dans mon scénario, j'ai la conviction que si les anges étaient vraiment restés, alors les autres auraient tous succombé aux regards amusés, et surtout aux baisers parfumés.

Pas un ne serait resté dans l'ombre.

Tous auraient été sauvés. Même nous.

L'épopée du monde aurait alors tourné à la fête et aux caresses éternelles. Tant pis, je me contente du mieux, collé à mon amoureuse.

Revenons à la légende. Tu me suis ?

Dieu, qui ne comprend décidément rien à rien, remarqua que la terre était déséquilibrée par les montagnes.

Il demanda un matin, après avoir subi les tremblements et les mouvements incontrôlés de la Terre – il n'a pas le pied marin - aux baleines, de compenser par leur nage, le poids du Mal en trop dans la balance de l'Histoire.

J'imagine assez la négociation.

D'un côté Dieu et son cigare, assis sur son trône derrière la grande table dressée de toutes les merveilles de l'univers, parce qu'il faut un peu d'apparat. Quand même, quand on est le Créateur, on sait recevoir.

De l'autre, les ambassadeurs des mers, grandioses, d'abord intimidés.

Ils se posent ensuite la question de savoir si le menu n'est pas du réchauffé, celui déjà servi aux hommes, ses préférés.

Parce que du cochon grillé et de la cervoise tiède ne sont pas des mets à leur proposer.

Elles ont fini par accepter les conditions du Barbu. Personne ne peut lutter contre le grand Commercial quand il veut vous présenter un futur pour tous nous sauver.

L'habituel combat du Bien et du Mal, revu en une tragédie, océan contre terre émergée…

Tu veux une preuve ? Et bien, la légende le raconte. Quand il y a un tremblement de terre, c'est parce qu'une baleine tape de la queue de l'autre côté de la planète pour aplanir un bout de montagne qui est poussé des enfers pour s'affirmer. Les démons, même ceux que j'ai visités, adorent le sang, le feu et les armes de destruction.

Sans les baleines, aussi sûrement que le temps passe plus vite aux jours heureux, la balance du Mal nous aurait fait tourner la tête et tout le reste.

Je chéris ce récit, l'idée que l'océan était avant tout une belle intuition qui s'avère être juste aussi en science.

Donc, j'aime les baleines, c'est le sujet de cette histoire.

Tu viendras un jour avec moi, ou un autre amoureux, parce que nous pouvons disparaître le temps d'un dernier soupir, ou le temps d'un missile. Tu rendras alors visite aux fées aux yeux bleus et au vélo jaune.

Je te conseille ensuite de te rendre au musée zoologique de l'université d'Odessa.

Je te dirige.

Salle 3.

Tu y découvriras dans un coin d'une grande pièce sentant la poussière et l'abandon, le squelette d'une baleine de vingt-sept mètres, de la famille des Balaenoptera musculus. C'est joli comme nom. Il y a muscle dedans.

C'est la guerre. Les budgets ont fondu.

Des fragments de cartilages jonchent le sol pourri.

Notre amie meurt une deuxième fois.

Elle est rangée contre le mur, des fils de fer lui percent le ventre et un bricoleur lui a foutu des morceaux de plâtre en guise de dents.

« Du travail de plombier polonais plutôt que de dentiste », aurait rigolé Dominique.

Moi, je n'avais pas suivi le guide et mon groupe de passionnés.

Je me suis retrouvé, devant elle, les bras croisés.

Deux images me faisaient réfléchir.

D'abord, tu verras les marques des harpons qui ont ripé sur les côtes.

Elles sont les cicatrices de la douleur sous les cris des hommes excités par le sang et la chasse, en un tout résumé de notre société.

C'est une femelle âgée.

Une proie facile.

Ces blessures sont les signes évidents de la cause et la conséquence de son oubli dans ce pauvre musée.

Et puis, il y a cette partie du gros bébé qui te saute aux yeux en entrant : la main de l'animal.

Elle est posée au milieu, et, sans ses muscles ni sa peau, elle ne ressemble plus à une nageoire, mais à la poigne de ce colosse qui frappe avec sa queue le fond des océans pour calmer le monde, sa folie et la renaissance infinie de ses démons.

Un dieu des mers.

J'aime cette paluche, ses doigts fins, son aspect si humain que si tu voulais relever le géant avec tes petits bras, il te saluerait d'un rire sonore, la main tendue.

Ici, l'été n'est pas la saison pour observer les cétacés, bien que nous ayons vu de nombreux de ses cousins, des globicéphales, ou, même si le nom est trompeur, des dauphins pilotes. Ils sont rigolos tant ils sont moches avec leur tête ronde sans bec et leurs cris perçants.

Ils jouent avec les petits et les gros bateaux.

Il y en a toujours un qui vient faire la course, à frôler l'embarcation sans craindre les hélices. Ils ne sont pas au courant de la guerre. Ils ne connaissent rien des civils qui meurent sous les missiles. Ils chantent et ils rient.

Pour revenir à mon histoire, disons, pour être plus précis que « je » n'ai pas vu les Jonas de mer Noire, mais, que cela ne m'a pas empêché de les montrer… C'est le but d'une légende que tu racontes pour mettre les cerveaux en conditions d'une parfaite réception…

Ce soir, nous n'étions pas encore à l'hôtel, nous étions à la picole dans un bar de la plage.

L'un des Ukrainiens me conta la construction du monde, sans mes anges, mais des détails sordides et inintéressants sur la création du diable et sa cohorte d'incubes et de succubes.

J'étais demandeur, je réclamais le plus de récits possible pour m'imprégner d'une culture que je croyais connaître par la Russie, mais qui est finalement si éloignée.

Nous étions entre plongeurs et trois d'entre nous, les locaux, étaient venus dîner avec leurs épouses.

Nous échangeâmes au sujet de nos rencontres avec les cétacés.

Notre cœur battait plus fort aux souvenirs de leurs mélodies.

Elles sonnent sous les flots comme de longues musiques qui arrivent de toute part et te font résonner le plexus.

Les ondes se propagent quatre fois plus vite dans l'eau que dans l'air, à près de mille cinq cents kilomètres par seconde.

Le chant des baleines traverse un océan en quelques secondes, de l'ultrason à l'infrason, des cliquetis et des grondements, des paroles et des cris.

Tout ton corps vibre et l'expérience change ta vie. Elles n'ont pas inventé l'Internet, mais peuvent communiquer en un instant sur tout le globe.

Je te laisse imaginer le jour quand elles décideront que, finalement, nous devrons rester dans les montagnes et elles dans les mers.

J'en ai caressé une, une seule fois.

Ma mémoire ne peut oublier ce moment magique où avec la légèreté et la délicatesse, l'une d'elles me fixa de son œil aussi gros que ma tête.

Je ne pus me retenir de tendre la main, la laisser courir sur sa peau fraîche et rugueuse le long de son corps.

J'ai ressenti les vibrations de ses muscles, les mouvements de tensions douces quand elle s'enfonça pour disparaître dans la nuit.

Elle chanta en me quittant.

J'aurais tant voulu lui répondre.

Une autre fois, avec une amoureuse sportive, juste avec des palmes et un tuba, nous nageâmes une bonne heure avec une mère et son nourrisson à peine né.

Elle le poussait de temps en temps quand il n'allait pas assez vite. Et puis, après un coup de queue dans notre direction, elle disparut : il y a des mystères d'éducation qui ne sont pas à offrir à ces trop curieux humains.

Nous étions tellement pris par nos récits, que j'eus la tentation d'une petite expérience.

Tu me connais, il faut que je joue, ce n'est pas un secret. Je suis une éponge à tenter de comprendre l'âme des gens. J'avais déjà provoqué cette réaction au Canada, avec ma famille…

Soudain, je quittai mon fauteuil, m'avançai vers la balustrade séparant le restaurant de la plage et levai la main.

– Elles sont là ! Regardez ! Au loin ! Vous voyez bien qu'elles nous entendaient. Venez !

J'essayai d'être convaincant, je riais un peu. Ils durent prendre mon rire pour une forme d'excitation.

Ils s'approchèrent tous, ainsi que les gamins qui buvaient à côté de nous.

– Là-bas, là-bas ! *Kiti* ! Les baleines ! On les voit !

Les filles montraient l'horizon au loin. Et je peux t'affirmer qu'il n'était peint que d'écume et de vagues. Rien d'autre qu'une mer de guerre, vide de tout.

Les jeunes s'y mettaient : « oui, elles sont là ! Tout un clan ! Là-bas ! »

Ils désignaient le rien du doigt, et moi, je souriais.

Tous, nous avions le palpitant qui s'accélérait. Nous « voyions » des baleines dans ces mouvements et ces couleurs de la mer Noire, comme si elles existaient vraiment.

Nous étions dans la légende et pouvions rêver de ces plongées avec elles, tous ces moments qui nous avaient émerveillés.

Et puis, plus tard, je me posai la question. Quelle est la vérité ?

Les baleines pouvaient être là, c'est la volonté du seul conteur.

Les enfants le croient sans réfléchir et frissonnent quand l'ogre vient les dévorer.

Qui, quand il ressent l'amour, peut le pointer du doigt ? Même si nos yeux n'avaient pas les moyens de les deviner, les baleines se montraient.

Au moins, tous mes gars allaient revenir, tout excités et raconter chez eux que les casseurs de montagnes les avaient salués.

Les missiles étaient oubliés.

Ce soir, quand les drones suicides survoleront nos têtes et gommeront nos rêves, tous se souviendront que les premières arrivées sur cette terre immergée savent tout.

Elles tiennent le monde de notre légende.

Les cétacés nous avaient entendus.

Il est des désirs si forts qu'ils ne peuvent que devenir réalité.

Comme t'aimer et servir les oubliés.

Le Bon Dieu doit se méfier. Tous ceux présents ce soir-là, croiront plus à la magie des chants des baleines, qu'à l'encens de ses prêtres trop habillés.

Je suis cet homme qui a un jour reçu
ce tant attendu «embrasse-moi.»

L'enfant au short trop grand

Je suis cet enfant trop naïf, short bleu et godasses cirées qui embrassa les lèvres d'une fille et en conclut que toutes devaient avoir le goût des fraises Tagada.

Je suis cet adolescent qui voulait t'offrir un poney pour un baiser.

Je suis ce jeune adulte qui avait déjà trop lu, qui ne rêvait que d'aventures. Je suis celui qui apprit au retour de sa première mission de plongée, qu'un inconnu t'avait enlevée avant moi.

J'aurais donné ma vie pour toi. Personne ne le savait.

Je suis cet homme qui un jour a reçu ce tant attendu « embrasse-moi ».

Je suis cet enfant d'Odessa, au short trop grand, qui vient nous observer tous les matins.

Il me ressemble au même âge.

Il a une bouille ronde, un blondinet. Il a ce regard qui ne trompe pas. Un calme serein, celui d'un môme toujours prêt à sortir de son confort. Il défendra le plus faible, même devant les plus forts. Ces derniers ne verront pas le petit poing caché qui étendra ce grand con dans le ruisseau, avant de détaler. Je courrai vite et longtemps.

Les méchants marchent en meute, mais ils seront impressionnés.

Je suis assis sur une bouée abandonnée.

Je vérifie comme tous les matins, mon équipement dépassé.

Il est rouillé, rongé par le temps, les bouteilles d'air comprimé marquées de peinture jaune — à recycler —.

Les sangles étaient noires quand elles ont été installées. Elles ont maintenant perdu leur teinture. Il ne reste plus que la trame de corde, un marron décoloré.

Je les ai consolidés au mieux pour qu'elles ne cassent pas quand je les passe du dos à la poitrine pour traverser dans une épave un corridor trop étroit.

Le gilet stabilisateur est un modèle russe sans âge.

Il se gonfle grâce à un tuyau de caoutchouc qu'il faut porter à la bouche. Il a un goût tenace d'huile de moteur. Pour le vider, tu le serres avec tes coudes en tirant sur un bout de nylon au bord du craquement.

Je suis à des générations du matériel que j'utilise aujourd'hui en plongée.

Presque dix jours que je suis arrivé.

J'étais un peu perdu au début, contrat à l'arrache, une démission de dernier moment et personne d'autre qu'un vieux plongeur expérimenté pour remplacer la perle recrutée.

Ils m'ont dit, « on fait un essai, mais là, vraiment, on verra avec les assurances si tu peux continuer.

Rappel que tu es en sursis. Pas intérêt à merder. Tests

médicaux, d'efforts, pesée sous la limite autorisée, le « vous fumez ?», « c'est sur ma page Facebook… ». Et le surprenant, « c'est parfait, un vrai jeune homme ».

J'ai cru à un canular. Mais, le doc était sérieux.

Je revenais d'un cauchemar éveillé.

Là, je suis, enfin, dans mon élément.

Des kilos éliminés marqués par les crans de la ceinture de plomb que je resserre tous les jours pour bien l'équilibrer.

J'ai pris en main les trois palanquées. Je les ai sauvées de conneries d'instructeurs amateurs.

Nous faisons corps. Ils m'apprécient aussi parce que je les fais rigoler au plus fort des plongées.

Ils ne savent pas que je crains plus qu'eux le danger.

J'ai juste un peu plus envie qu'ils réussissent leurs tâches sans accidents.

Nous ne sommes plus sur les mines, le boulot est terminé. Il y a les filets à installer, les corridors de sécurité à vérifier. Bientôt, il y aura des baigneurs, des enfants riront avec leurs parents sur les plages. Un semblant de paix retrouvé.

Nous sommes aussi sur les épaves, il n'y a presque plus de risques autres que nos propres défaillances.

J'ai une pleine autorité sur ma dizaine de plongeurs, parce qu'ils sont de bons nageurs, mais avec une discipline et un savoir technique succincts.

Aucun n'a été formé par des militaires.

Ils sont des accompagnateurs de plongées loisir. Des niveaux 2, dans notre jargon. Les pros sont partis se faire tuer dans les tranchées.

Mes hommes ne connaissent que les gros Russes et les belles Allemandes à piloter par la main pour s'émerveiller d'un mérou apprivoisé.

Nous n'avons pas d'ordinateur de plongées et j'ai dû redonner une leçon sur les index de décompression.

La galère, dans une langue étrangère.

Hier, j'ai acheté une paire de palmes. Celles qu'ils m'avaient confiées perdaient leurs attaches du talon. J'ai failli laisser la droite dans l'épave des fées aux yeux bleus.

Elles ont peut-être essayé de garder un autre trophée. Tu l'aurais retrouvé à ta visite, posée sur la table à côté du vélo.

Les nouvelles sont jaunes aussi, vendues pour de la balade de touristes, pensées pour qu'ils suivent le guide, sans paniquer.

J'ai l'air d'une femelle de fou brun. L'oiseau, pas le Russe.

Mon pif blessé comme un gros bec, un néoprène de 7 millimètres, un modèle militaire marron.

Avec mes pieds jaunes, tu n'aurais pas hésité à rire à gorge déployée.

Je leur ai imité le cri de l'oiseau en tapant mes mains à l'envers.

Ils se sont esclaffés. Une médaille pour moi.

Mon petit garçon au grand short sur ses pieds nus est là, comme d'habitude.

Le môme était timide il y a une semaine.

Il se cachait pour nous observer. Maintenant, il s'assoit au bout de la jetée. Toujours de la distance.

Je lui fais signe d'avancer.

Il scrute derrière lui s'il y a des témoins. Se lève, hésite encore, fait deux pas.

Je lui renouvelle l'invitation des deux mains.

— N'aie pas peur, les Français ne mangent pas les petits Ukrainiens. Pas assez de gras à déguster.

Nous sommes seuls. Il finit par approcher.

Il garde un regard vers la ville qui s'éveille.

Il doit savoir que je suis toujours en avance pour vérifier le matériel et les mesures de sécurité.

Mes amis sont si bordéliques, qu'ils iraient à la mer comme un pirate éperonne sa cible opportune.

Je tente le russe.

— Tu aimes la mer?

— *Moy papa rybak.* Mon papa est pêcheur. Il m'emmenait, avant. Il ne sait pas nager. Il connaît tous les poissons. Il décline les noms, je ne comprends rien. C'est compliqué de parler à un gosse, mon russe est si pauvre.

Il s'est agenouillé. Les mains sur ses cuisses.

Il me regarde souffler et respirer dans l'embout attaché à la bouteille. Je lui montre l'objet.

— C'est un détendeur.

Je ne maîtrise pas le terme dans sa langue.

Je lui ai sorti le mot en roulant les « r » et en mettant des « o » partout. Ça fait local.

Il répète « dotodor », plusieurs fois en chuchotant.

Je reprends.

– Sous la mer, tu portes l'océan sur ton dos. Ça s'appelle la pression. Plus tu t'enfonces, plus ça pèse. Alors il fallait trouver un moyen de respirer sans enfler comme un ballon. *Ballon i davleniye*. Ça, la « pression », je leur ai fait répéter.

– On peut exploser ?

– Sans le détendeur, ce serait vite fait. Tu descends avec l'air de la surface. Quand tu remontes, elle gonfle et tes poumons finissent par céder. C'est la raison qui explique pourquoi tu me promettras de ne jamais piquer le détendeur d'un ami, si tu veux le rejoindre en apnée. Tu comprends ce mot ?

– Ben oui. On plonge pour cueillir des oursins depuis le port. Mince. J'ai un camarade qui est déjà gros comme un ballon. Il ne sera jamais plongeur. Je lui dirai.

Ses grands yeux pétillent.

Il va rapporter une nouvelle connaissance, un savoir ignoré de ses copains.

– C'est un Français qui l'a inventé. Un commandant Cousteau, ça te dit quelque chose, ce nom ? Dedans, il y a une sorte de ressort qui équilibre la bouteille avec le poids de toute cette eau salée. Tu peux respirer, même très profond.

– Je ne connais pas ce monsieur. Il n'y a pas de Français, ici. C'est pour nager sous la mer comme les poissons ?

– Comme les dauphins. Tu savais qu'ils ont besoin

de l'air comme nous ? C'est la raison qui les pousse à remonter, pas comme les autres animaux marins.

Il réfléchit.

– C'est pour ça que papa les attendait avec le harpon. Il savait qu'ils allaient revenir à la surface.

Je frémis.

Mais, je ne fais pas le même cinéma avec une côte de bœuf.

Manger ou être mangé.

As-tu lu les nouvelles découvertes sur la sensibilité des plantes, comment elles se parlent, avec un vocabulaire étendu, plus que le nôtre ? À dégoûter un végan. Après avoir dévoré le livre de Didier Van Cauwelaert, j'écoute encore plus les arbres, j'aimerais les comprendre, et surtout pas leur répondre. Écoute le bouquet qui sent bon, en plus, il paraît qu'il te dit des mots doux.

Je rinçais l'embout, l'essuyais, lui tendis.

– Respire et bouche-toi le nez.

Il s'exécuta, toussa et cracha. J'étais parti pour tout renettoyer. Après s'être passé le poing dans ses yeux mouillés, il fit la moue, dégoûté.

– J'y arrive pas. Ça un goût de garage.

– Parfois c'est celui d'une pizza. Les machines qui remplissent les bouteilles sont dans le vent du restaurant d'à côté.

– Même les pizzas à l'ail frais ?

Je ris, il me suit. Il a la main tendue vers moi. Je la lui sers.

– Tu t'appelles Captain, j'ai entendu les autres. Moi je suis Ivan, le fils du poissonnier.

– Tu voudras être plongeur, Ivan ?

– Je serai pilote de guerre comme le fantôme de Kiyv.

Je ne lui dis pas que la légende du tueur d'avions russes était une construction pour galvaniser les troupes après le choc psychologique du début de l'invasion.

Un mythe de plus qui forge une nation. Il y a un timbre édité, des noms d'officiers décédés qui circulent.

Nous avons eu les nôtres, de héros, à chaque conflit, à chaque réécriture de l'histoire. Roland à Roncevaux et Charlemagne, empereur français.

Ils sont en train d'écrire une résilience qui illumine le monde de son courage et détruit, tous les jours, un peu plus l'image de grandeur et de l'invincibilité de la Russie.

Il ne restera rien de l'empire fantasmé de Poutine, quand la dernière cartouche sera tirée.

Une de trop, bien sûr, une qui tuera encore un jeune qui voulait vivre son histoire, cette dernière qui ne sera jamais racontée, lâchée par stupidité, par peur, par cette folie sanglante que personne ne maîtrisera jamais.

Au bout du quai, les hommes arrivaient, des rires et des paroles hautes de frères d'armes. La moitié sera sur le front quand je serai revenu en France.

Ivan se leva et s'enfuit en courant.

Il sera là demain et tous les jours. Jusqu'à se tenir tout droit, le soir de mon départ, les mains serrant mes palmes jaunes, haut sur sa poitrine.

Je n'avais rien d'autre à lui laisser, pris au dépourvu par l'ordre de décamper. Avec elles, il sera plongeur et non un pilote fantôme.

Nous devrons partir au premier ordre reçu. Les étrangers sont les cibles parfaites des observateurs, ces traîtres rémunérés : pour les Russes, nous ne sommes pas là pour aider, nous sommes des mercenaires qui viennent les déranger. Le terme ne me dérange pas, il contrebalance leur sordide notion du mercenariat, ces chairs à canon qui se transforment en démons.

Demain, je lui apprendrai à nouer deux cordes ensemble, à faire un nœud de chaise avec trois doigts.

Il le montrera à son père le marin et à ses copains.

Il sera fier de raconter, et toujours mon obsession de laisser un souvenir, une marque d'écrivain.

Je suis cet enfant trop naïf qui n'osait te dire que je t'aimais.

Je suis cet adolescent qui te regardait.

Je suis ce jeune adulte qui a détesté sa propre lâcheté,

Je suis celui qui t'attendait.

Je suis cet homme qui un jour a reçu un premier baiser.

Je suis ce gosse au short trop grand qui me tend la main, parce qu'un Français, ce n'est pas courant sur les quais.

Il connaît les poissons, il sent le vent pour prévenir la pluie et le beau temps, il vient de commencer sa vie avec des souvenirs de peur, d'effroi et d'espoir.

Je crains qu'il soit déjà, dans un monde en guerre, un petit adulte qui ne rêvera jamais plus.

Je serai toujours cet enfant blondinet au short trop grand.

Me voilà parti. Je roule vers toi. J'avais oublié ta photo. Mon premier geste fut de la charger par Internet. Bientôt tu m'embrasseras.

Le train des âmes fatiguées

Me voilà parti. Je roule vers toi. Stupidité de ma part : J'avais oublié de charger ta photo pour te regarder dans les moments difficiles.

Dix jours sans toi. Mon premier geste quand ils m'autorisèrent à me reconnecter fut de piquer une de tes images d'un réseau social. Juste pour te voir. Bientôt tu m'embrasseras.

Je sors mon petit ordinateur de voyage au milieu du trajet. Je n'osais pas avant, mais là, ils dorment presque tous, sauf les amoureux qui ne détournent pas leur regard l'un de l'autre, et puis deux militaires qui parlent bas.

Les autres ronflent dans un même rythme qui m'a mis au bord du fou rire. Chacun a trouvé sa position, c'est la tête renversée vers l'arrière, la bouche ouverte, sur la poitrine ou sur l'épaule du voisin. Mais le concert suit la musique du train, sursauts des aiguillages compris.

Il n'y a que les écrivains qui travaillent sur leurs genoux n'importe où, dans n'importe quelle situation. Avant, ils avaient des petits carnets et un crayon noir, là ma batterie est pleine et je sauvegarde sur mon Cloud sécurisé. Un autre monde, une même habitude.

Mes potes reporters de guerre, eux, se dictent des notes pour écrire le soir à l'hôtel.

Moi, je suis une éponge à sensations. Une fois gonflé de mots, il faut que je déverse mes phrases.

Là, je sais que je vais avoir un bon sujet à te raconter.

Je suis dans le train des âmes fatiguées — comme ça avec le titre en spoiler, tu es prise au piège —.
J'hésite.

Il y a le sourire permanent d'une jolie aventure de plus, à ranger en haut de mon classeur cardiaque.

Il y a aussi un petit peu de désespoir d'en abandonner un morceau de plus dans un nouveau coin du monde.

Il va bientôt ne plus me rester de pièces de ce puzzle du cœur qu'il faut sans arrêt remettre en ordre.

Alors, je triche.

Je recoupe des bouts de souvenirs à la forme. C'est un à-peu-près qui fait le job si on le regarde de loin.

Je pose le gai sur le triste, l'amour sur l'envie, l'avenir sur la mort. Pas trop, juste pour que la balance soit déséquilibrée du bon côté, quand le reste du monde croit qu'elle s'affole et disparaît.

Si tu t'approches trop, les fragments manquants se découvrent, comme une cicatrice camouflée.

Le train est rouge en bas et bleu nuit sur le haut. Il

y a dû y avoir, dans une autre vie, des lettres d'or de première classe peintes sur les parois.

Il a été beau, ce train. Il ressemble à l'Orient express d'Hercule Poirot.

Les banquettes sont confortables, moelleuses, revêtues de ce cuir épais que l'industrie a oublié.

J'ai été installé par un officiel pressé de me pousser vers la frontière, concentré sur la tâche suivante de son rôle d'interprète. Il m'a donné du « mon colonel » tout du long, ça m'a fait marrer, et je n'ai rien dit. Ça a dû impressionner mes voisins du compartiment, j'y viendrai plus tard — tu as lu le titre, bon sang de bon sang ! —

Mais, il y a un roman que tu n'as pas reçu.

Pas publié. Et voilà que j'entends ta voix « il va encore m'écrire un bouquin ! ».

Cela me fait penser à ces croûtes d'une vieille tante, que tu planques dans le grenier en espérant qu'elle ne déboule pas à l'improviste pour admirer sa propre galerie.

Il va falloir acheter une autre bibliothèque, avec tous ces bouquins que j'ai en tête. Tu n'as pas de cave, mince.

Ce livre s'appelle *La Cadence folle de nos cœurs*. C'est un des deux en lice pour un prix national, celui du roman d'espionnage.

Il raconte comment l'activation de notre organe est identique, parfois confondu, avec des circonstances opposées.

C'est au centre de mon écriture.

Il y a son accélération en sentant ta peau et la chimie connectée qui l'accompagnent, en te revoyant sourire. Cette image, de toi en face de moi. Ton dos offert et la réaction de mes caresses, sensibilité en réponse, comme un filtre électrique.

Boum-boum, mon cœur qui s'emballe.

Il y a la course dans la foule paniquée, mais aussi le sport, le sexe, la colère, le rire.

L'identique boum-boum-boum.

Il y a la peur et puis enfin cette capacité que possède ce muscle creux, comme disent les médecins, de nous transformer en héros ou en lâches en une fraction de seconde, et là, personne ne sait comment il réagira.

Il n'y a pas de blanc ou de noir des cadences de nos cœurs.

Il y a ce gris qui te laisse sur une frontière, tu n'es jamais du même côté. Boum, toujours boum sans jamais s'arrêter.

Mon ami Günther — c'était en 89 ! — ne cessait de me racontait sa tragédie. Il était ce vieux juif qui avait vécu les camps, ceux des nazis, ceux des Soviétiques, condamné pour être seulement né du mauvais côté. Moi, j'étais le jeune qui ne savait rien, qui n'écoutait rien, juste que la guerre était son seul univers.

« Quand j'entends un train, les grincements du départ qui annoncent le début d'un rythme digne d'une improvisation de Dodds Warren « Baby », je ne suis plus entre les jambes de mon père et de mon oncle dans le wagon qui nous emmenait vers la chambre à gaz, serrés à étouffer, déjà si préparés à mourir.

Je suis plutôt avec eux, courant le long des voies après notre évasion.

La batterie du grand Dodds nous accompagnait alors dans la cadence folle de nos cœurs.

Il nous offrait le tempo mystique de l'Espérance, le Jazz nous redonnait la vie. Le cœur permet tout, mon ami : l'amour et la haine, la loyauté et la trahison, avec ce même rythme de la foi qui fait de nous l'humanité. »

C'est le début de ce roman.

Cette histoire me hante depuis toujours et a fait de moi l'écrivain que tu connais et qui s'était oublié dans la routine.

Un rythme, une musique, ce réflexe ancien que j'avais perdu sans plus l'écouter danser.

Le décor est installé, je peux commencer.

Je suis donc dans le train qui nous ramène en Pologne. Il faut que je te raconte. J'en ai pris l'habitude.

Je ne vois rien du monde extérieur. Je suis aussi déçu qu'à l'aller. Je ne connaîtrais rien de la longue traversée vers les lignes de paix. Les rideaux sont descendus. Interdiction de les ouvrir ordonnée par le couvre-feu de la guerre. Il n'y a pas de lumières autres que des loupiotes cachées par des verres fumés. Cela donne une ambiance de clubs d'un ancien temps, celle de ces photos en sépia des albums de nos grands-parents. Un salon huppé, mais je n'y peux pas commander une bouteille. Les Russes aimeraient bien faire un carton sur un train civil pour raconter ensuite au monde qu'il était chargé des armes occidentales. Mais, ils n'ont plus de missiles de précision. Ne volent que ceux fabriqués il y a cinquante ans, qui pètent certaines fois avant de décoller.

Alors, viser un convoi lancé à quatre-vingts kilomètres par heure sans lumière est plus hasardeux que de gagner au loto.

Nous filons dans la nuit et le choc des bogueys sur les rails nous berce dans cette cadence.

Même ambiance de guerre que m'avait décrite Günther.

Tu vois, la première découverte, c'est que les sens traduisent différemment l'essentiel. Entre la paix et le conflit, c'est flagrant. Avec des papillons dans le ventre aussi.

Il n'y a que l'habitude et la routine qui gomment tout, et c'est toi qui as raison.

Les bruits, les odeurs, les expressions, les manques — surtout — de tout : rester au lit avec son amoureuse, se promener, tenter un nouveau restaurant, se coller dans la rue, marcher sur une plage les pieds nus… Et là, se plonger dans un bouquin quand un compartiment est rempli d'inconnus. Tous les sens sont à l'affût.

Nous sommes huit.

Ça sent le chou et les aisselles, un relent de pieds pourris, un effluve d'alcool fort que je soupçonne venir d'une nonne qui rote doucement derrière son poing serré.

Et là, bien sûr, je pense à toi.

Déjà, nous parlons le russe, parce que tous ont compris que le Français serait exclu du groupe si l'habitude nouvelle d'échanger en ukrainien doit faire négliger la langue des envahisseurs à ce moment.

J'ai remercié.

L'outrage est oublié pour me classer du côté des héros, parce que l'officier qui m'avait installé leur a dit de prendre soin de moi.

À Odessa, c'est ma peur qui a pris soin de moi. J'ai touché trop d'argent pour si peu de temps. Le reste ? Que pour ma gueule. Je suis parti plonger sous l'excuse de vouloir servir. C'est courant chez les individus qui bossent dans les associations : il y a souvent un relent d'obligations chrétiennes du retour sur l'investissement éternel, plus qu'un don gratuit.

Je marche droit dans mes baskets — oui je lui ai laissé mes Cat —, j'ai le ventre plat et je fais bouger mes pectoraux comme un jeune homme.

Dans ce petit monde qui m'entoure, en face de moi, voici le premier personnage à te décrire.

o o o

Je l'ai appelé le vieux.

Il accapare les trois quarts des rangements au-dessus des banquettes. Ses paquets sont scotchés autour de journaux polonais. L'un suinte de gras. De la bouffe qu'il est allé acheter dans des fermes ruinées de Kherson, pour la revendre à notre destination avec une marge confortable.

Il porte une jolie barbe blanche taillée en pointe. Ses yeux pétillent de malice. Il sort une papirossa, une cigarette russe, toutes les trente minutes. Il l'extirpe auparavant et la regarde en la faisant glisser entre ses doigts. Ensuite, il dérange tout le monde pour la fumer dans le couloir.

Son costume est élimé. Il a dû être coupé par une marque de luxe ou un vieux juif de la capitale qui te confectionne n'importe quoi en une nuit. Et les années sont passées. L'habit craque aux coutures. Les revers du pantalon sont gris de crasse sur des bottines montantes d'une autre époque.

Il me demande si c'est vrai qu'en France, il n'y a plus de travail pour les honnêtes gens, juste pour les noirs et les islamistes.

Je lui réponds que j'aime le vin de Bordeaux et que nos fromages me manquent, un peu, mais moins que le rosé d'Odessa.

Je n'ai pas parlé des fées aux yeux bleus, je suis déjà sur une autre planète.

Tous s'esclaffent.

Son regard taquin à moitié caché derrière les épais sourcils brilla encore plus.

Quand il se lève, toujours le même cinéma, entre la confusion et le « faut que j'y aille », la place est vide et je t'invite à t'y installer. Tu souris, espiègle, tu attends que je te sorte une connerie pour rire aux éclats. J'ai été tenté de faire une copie écran de ta photo, et puis je me suis trouvé un peu ridicule… Tu rigoles, là! M'enfin!

○ ○ ○

À la place suivante, de la droite vers la gauche, un homme dort depuis le début. Il n'a pas enlevé son manteau et sa casquette Nike. Sa tête penche vers l'épaule de la nonne qui la repousse doucement. Il n'a pas de valise, pas de sac. Tous le regardent, suspicieux. Un mercenaire qui rentre? Un espion peut-être.

Un être qui a tout perdu, plus certainement.

Il n'a plus l'âge d'être à la guerre, il n'est pas assez vieux pour rester accroché au lopin de terre qui l'a fait naître. Un déraciné, épuisé. Il ne rêve même pas de ce qu'il va trouver là-bas. Il avance, c'est une marionnette, poussée, tirée par d'autres volontés.

Il a des cernes, ses cheveux sont rasés, ses ongles coupés courts sur des doigts fins. Il me fait de la peine, sans que je puisse déterminer pourquoi.

○ ○ ○

Ensuite, mes préférés, les deux amoureux.

Ils sont serrés, dans un monde à part, une planète indépendante.

Ils n'arrêtent pas de soupirer.

Lui ne parle jamais.

Elle, elle raconte que son Boris vient d'être choisi par une usine comme ingénieur. « Pour l'effort de guerre, bien sûr ! ».

Elle a tes yeux quand ils se plissent pour montrer que tu penses à moi. Je suis un peu jaloux de ses attentions vers son homme.

Lui, scrute ses lèvres chaque fois qu'il tourne le regard vers elle. Ils sont du monde de l'orthodoxie, dans lequel on peut s'embrasser sur la bouche pour saluer un étranger, mais jamais en public, on ne touchera à son aimée.

o o o

La nonne est au milieu.

Elle est bourrée.

Elle rigole quand je sors une phrase.

Elle nous narre, toute guillerette qu'elle vivait dans un petit village isolé, coupé du monde par la montée des eaux.

Un petit univers bien paisible, exterminé par un groupe de mercenaires russes qui s'était perdu dans les marécages du sud d'un Dniepr inondé par la démolition programmée du grand barrage.

Ils n'avaient rien mangé depuis des jours, le ventre et le pantalon bousillés par le choléra. Ils n'avaient plus de munitions, que des haches et des couteaux.

Et puis deux grosses pelles.

Alors, au premier bourg croisé, habité seulement de vieux oubliés, incapables de fuir comme les autorités leur avaient demandé, ils avaient massacré pour un peu de vodka, deux poulets et du pain avarié.

Tout ça raconté en une phrase, entre deux rires et ce « quelqu'un aurait à boire ? ».

Et puis sur elle, elle ne dit rien.

Ils ont dû la relâcher quand ils ne trouvaient plus une miette à lécher. Cavaliers de l'apocalypse, mais l'humain, le pire. Ils sont partis vers un rien de plus, juste pour bouffer.

Je n'ose imaginer ce qu'elle a vécu.

Nous détournons tous le regard quand elle nous parle de Dieu ; l'expression illuminée.
Je le sais, j'en ai la conviction : il n'y a pas de Très-Haut, surtout au front.
Il n'y a pas non plus de Diable.
Il n'y a que des démons qui nous poursuivront jusqu'à notre mort.

○ ○ ○

Et puis, à ma droite, sur la même banquette que la mienne, il y a les chuchoteurs. Des conscrits de six mois de guerre.
Ils parlent de leurs opérations, seulement entre eux, les autres n'entendraient pas.
J'ai cru piger qu'ils avaient été choisis pour se former sur du matériel occidental. Ils ont perdu des amis, ces frères de secte.
Ils sont durs, le regard hagard, cette froideur de concentration quand ils croisent celui d'un non combattant.
Je les connais.
Je les ai tant fréquentés.
La famille des damnés. Ils ne seront désormais apaisés qu'entre eux. Les autres les craindront et eux ne

nous comprendront plus jamais.

Voilà.

C'est mon train des âmes, certaines abandonnées, d'autres en construction.

C'est mon train des âmes fatiguées.

Chacun, à la cadence propre de son cœur.

Chacun, c'est la première différence entre la paix et la guerre.

Chacun obligé d'ajouter pourtant sa résonance intime à celle des autres, une communauté pour ne pas oublier.

∘ ∘ ∘

Il y a ces coups d'œil qui ne trompent pas.

Je suis l'étranger.

Ils doivent tenter de me décrire, de leur côté.

Parce que vu d'en face, il y a moi, là.

Cet incongru, le seul qui ne pourra pas dormir, juste pour t'écrire.

Juste pour sentir une accélération de mon cœur, pour calmer ma colère d'avoir oublié le temps aussi, et puis cette absence, là, soudain, de me rapprocher de la paix.

Le plongeur va me manquer, «nous allons rester en contact, mon frère français!», mais je ne lui pas dit qu'il est un peu trop jeune pour connaître la vérité :

j'ai quitté leur monde, il ne le sait pas encore.

○ ○ ○

J'étais de passage, une silhouette qui laissera un souvenir de rires et un vélo jaune. La même ombre que sur notre belle plage des premiers jours.

Mes traces sont effacées aussi certainement que celles de Natalia. À la seule différence, qu'Icarius songera toujours, là-bas, au fantôme du couple enlacé.

J'ai offert des cigares, en égoïste, un cadeau pour moi sûrement, juste pour que ce soir, il fume en pensant à moi.

Ce fantasme du « je resterai dans leurs souvenirs ».

Je sais qu'il n'en est rien. C'est pour cela qu'il vaut mieux vivre le moment présent avant que le hasard nous le vole.

J'appartiens, pour cet éphémère voyage au convoi des âmes fatiguées, une cadence de l'acier sur les rails, un rythme de jazz.

J'ai mal au ventre, là, juste parce que je suis eux, pour un trop court instant.

La gare s'approche, déjà.

Le chef de train nous prépare à débarquer.

Je n'ai pas tout compris, mais je les vois fouiller

leur sac pour chercher un passeport ou une carte de séjour.

Nous allons devoir patienter dans la longue file d'attente, encadrés par des flics casqués et armés.

Un pas en avant, poussés par-derrière.

Des gens qui rient, d'autres qui râlent.

Des enfants qui parlent, qui pleurent.

Dans une heure, ils m'auront oublié et moi, j'irai trouver un hôtel pour terminer mon récit.

Je te raconterai pour ne jamais les abandonner.

Je ne serai plus eux.

J'ai juste un beau titre avec ce train des âmes fatiguées.

Eh oui, j'ai passé la soirée avec une princesse
Hohenzolern…

Ma petite princesse polonaise

L'ami Hubert Maury raconte qu'après avoir marché, roulé, couru des jours entiers, il dénicha enfin un abri où il pouvait se reposer.

Il fut reçu par le seul amoureux de Victor Hugo du désert pakistanais.

À bout de force, il dut pourtant l'écouter déclamer toute la nuit. Si tu lis ses BD, tu peux trouver l'anecdote dans Le Pays des Purs. Paru en 2017…

Mon histoire est moins épique, mais aussi amusante, compte tenu du contexte de mon retour.

Je t'ai raconté le voyage avec mes oubliés depuis Lviv, pas depuis Odessa, parce qu'il est marqué du sceau du «silence» par l'ONG qui utilise régulièrement sa route avec ses étrangers à bord.

Je me suis donc retrouvé tôt ce matin dans le terminal surpeuplé de Cracovie, avec mon petit sac sur l'épaule et l'idée de trouver un hôtel pour cette douche qui était mon obsession depuis la descente du compartiment.

La gare est immense, moche, cimentée, bordée de parkings pour les centaines d'autobus qui sillonnent le pays. Tu peux aller partout en Europe depuis Cracovie. Juste en face de la sortie, il y a celui pour Venise.

Je te connais, alors sois rassurée : tu peux le prendre à 11 h. Tu me diras si les gondoliers sont vraiment aussi bavards qu'on le prétend, s'il te manque un amoureux pour reposer ta tête et sentir son cou, je veux bien te donner un coup de main.

Avant la guerre, tu pouvais voyager vers l'Est, Moscou et Saint-Pétersbourg, le musée de l'Hermitage et ma Passerelle Bankovsky que je place dans tous mes romans. C'est là que j'étais tombé fou d'une jolie Russe, disparue en 1992.

J'avais fait le périple de Paris vers Kiyv avant la chute du mur dans l'un de ces autobus. Il s'y entassait une infinité de langues et de coutumes, quand l'URSS tentait, avant les maffias de Poutine, de faire rêver les peuples autour d'une utopie et non d'une société de malfrats.

Quelques pas sous le soleil, et mes baskets neuves *made in China* achetées dix euros pour me tenir le temps du voyage retour vers la maison, commençaient à se décoller.

Là-bas, au bord de la mer Noire, il y a un mec sympa qui montre à tous ses potes ses Cat, mais il ne sait pas que je vais me payer des ampoules pour sa belle gueule de plongeur bronzé.

J'ai essayé dans le train avec Internet de trouver une chambre dans le centre historique, mais la période est la pire. Il y a le festival d'été qui commence avec les vacances.

Il y aussi tous ces Ukrainiens, des dizaines de milliers, qui n'ont pas voulu s'expatrier. Ils convergent là pour tenter d'oublier en famille, juste quelques jours avant de repartir.

J'ai aussi, avant de quitter la ville, un paquet à porter à la babouchka d'un plongeur. C'est une bible, m'a-t-il confié. «Grand-mère est une mécréante et je tente de la rapprocher de Dieu, comme je peux.»

Qu'ont-ils tous, dans cette période de fin du monde, de vouloir se réclamer d'un Ciel qui ne demande qu'à nous accueillir avec une balle entre les deux yeux! S'Il existait, alors les enfants, les amoureuses, les potes et les saints en seraient exonérés automatiquement.

«Taxi!»

Je le chopais en vadrouille.

Le plongeur m'a pourtant prévenu que j'avais une chance sur deux de tomber sur un arnaqueur qui me prendrait même mes chaussures pourries dans un coin d'une ruelle mal famée. Le réflexe du voyageur m'avait devancé.

— Vous êtes français! Bienvenue à Cracovie.

Je suis parti depuis des années, me semble-t-il, en entendant ma langue maternelle. Il a un petit accent du sud-ouest, pas celui des cagoles de Marseille, non, le roulement des r qui sent bon le cassoulet.

Et le voilà qui démarre sur une leçon de vie, qu'il ne faut pas, en tant que visiteur — le premier depuis longtemps à ne pas me traiter d'étranger — prendre une voiture autre part qu'aux stations.

Il était revenu dans son pays après sa retraite de grossiste à Penne d'Agennet — à côté de Montcuq! — ça le fait toujours rigoler. Ses enfants ont étudié à l'université à Paris. Ils viendront cet été. Il est grand-père d'un Louis et d'une Vanietochkina, un truc dans le genre. Un démon qui fait du football et une princesse qui danse avec l'acharnement d'une fillette qui rêve d'être sélectionnée à l'Opéra de Paris.

En une demi-heure, je suis revenu chez moi.

J'ai les informations en continu, les voyous qui cassent tout, Macron qui reçoit les riches, et ces abrutis de Politiques qui se conduisent comme de la chienlit. Je sais tout de lui et je n'ai pas terminé une seule tirade.

Pas une phrase sur la guerre à quelques kilomètres de sa frontière, des bombes et des missiles qui détruisent des vies, des tranchées et des mutilés. Pas un mot sur la Russie.

Taxi à Cracovie et retraité en France, une vraie promesse de subsister confortablement, en laissant ses pensées dans l'hexagone. J'adore la mécanique de l'esprit de ce type sympathique. Il a trouvé une solution de repli intellectuel et elle est élégante, plutôt que se foutre la tête dans le sable et montrer son cul agrémenté d'une plume d'autruche. L'horodateur n'a pas démarré, j'ai des sueurs froides dans le dos.

On est arrivé, je sors le portefeuille, il me reste

quelques euros et je n'ai pas vu encore un seul distributeur.

– Vous faites quoi dans la vie ?

J'ai hésité.

J'ai failli dire plongeur, mais je suis parti. Là-bas, j'étais un autre.

– Écrivain.

Il écrit sur un carton découpé.

– Connu ?

– Respecté.

– Vous êtes sur Wikipédia ?

Ça, oui, mon gars, une calamité, avec autant d'erreurs dans l'article qu'un papier politique.

Il montre un grand sourire aux dents réparées par la Sécurité sociale de notre beau pays, aucune chance de les confondre avec les bouts de plastiques déglingués de l'Est.

– Je vous la fais gratuite, la course. Je rentrai chez moi, j'étais de nuit pour le festival. J'ai vu tout de suite que vous n'étiez pas d'ici. Vous vous seriez fait dévaliser par un Roumain dans un faux taxi.

J'étais embêté, je fouillais pour trouver un billet. Il m'arrêta aussitôt.

– Voici mon adresse, quand vous serez chez vous, vous m'envoyez un bouquin avec une dédicace ?

J'ai promis, bien sûr, et il m'a laissé là, fier de sa bonne blague qu'il racontera à ses Français d'enfants en leur montrant le roman avec le petit mot que j'ajouterai.

Première aventure de la journée.

La deuxième fut ma rencontre avec Elvita. « Comme Elvis, mais avec un tatata ».

Ce n'était pas la mamie octogénaire à laquelle je m'attendais. Mon plongeur m'avait présenté sa grand-mère comme une brave vieille, rescapée de tout, des nazis et des Soviétiques.

Je fus surpris quand elle tira la porte.

Pépites noires qui vous fixent comme un scanner. Jeans et pieds nus tatoués de dessins hindous, chemise d'homme ouverte bas sur un tee-shirt d'*AC-DC*… « Quatre-vingts ans depuis longtemps, et jette-moi ça dans la poubelle ».

Me dit-elle en me montrant la cuisine après avoir lu le titre sur la couverture cartonnée du cadeau de son petit-fils. J'en conclus qu'elle resterait la « mécréante » qu'il voulait convertir.

Passage du russe au français, et maintenant à l'anglais qu'elle parle sans accent.

– Tu ne vas pas partir comme ça, ce n'est jamais la faute du messager, la transmission de la connerie universelle. Mes enfants et petits-enfants sont bigots, sauf quand ils sont avec moi, preuve qu'ils sont vraiment des cons. Tu es pressé ?

En quelques phrases, je lui racontai que je prenais l'avion le lendemain, que j'allais me chercher un hôtel.

Elle me montra une chambre, « toujours prête pour

les amis, tu aurais trente ans de plus, je t'aurais poussé dans mon lit et pas pour dormir ! En échange, tu m'invites à midi au restaurant français ? Tu n'as pas d'autres fringues ? Tu pues le chou. ».

Nous avions filé à la Petite France, très tôt, bu cette improbable bouteille à l'étiquette de Gavroche.

Et me voilà, en début de soirée dans la baignoire parfumée avec un verre de whisky et ma Polonaise installée devant moi dans un fauteuil qu'elle a traîné dans sa salle de bain, un joint — c'est thérapeutique, me dit-elle — je pouffe, — since 68 — continue-t-elle.

« Ne fais pas le bégueule, je pourrais être ta mère ».

Avait-elle assuré, le doigt dressé vers ma poitrine nue quand j'avais été surpris qu'elle ouvre la porte en tirant son club derrière elle.

Tiens, là, j'ai appris un nouveau mot d'anglais, prissy, qui signifie pudibond…

Assise confortablement, les pieds allongés sur le rebord de la baignoire, elle m'a raconté sa vie et moi, je buvais ces mots en imaginant comment j'allais les ranger ensuite pour te les faire partager.

Elvita est fille de roi.

Et oui, j'ai passé la soirée avec une princesse Hohenzolern, Famille qui régna sur la Prusse (1701-1918), sur l'empire d'Allemagne (1871-1918) et sur la Roumanie (1866-1947). (Minute intellectuelle offerte par Air France classe Business)

Ça me change d'une autre princesse, mais tu gagnes au change, sans contestation, les pieds compris, mais l'âge, ça dépend, on verra si on arrive là.

Elvita-ta-ta-ta est tombée amoureuse d'un roturier et surtout — ça, c'est pour la description du corps de l'athlète avec une moue amusée en visant le mien — d'un acrobate de cirque polonais avec qui elle vécut la guerre à poser des bombes sur tout ce qui ressemblait à un nazi, à un soldat allemand et à ceux qui les supportaient.

Avant 18 ans, elle avait égorgé un officier et tiré une balle dans la tête d'une poignée d'autres. Elle avait fait l'amour sous un porche entre deux coups de feu. – Un fois, nous en avions tellement envie que nous l'avons fait dans le dressing d'un général qui ronflait à côté.

Elle te dit ça en souriant, « c'était la guerre, eux ou nous, et moi je préférais mon amoureux au monde entier. »

Coup de foudre, répudiation de la famille, petite dot quand même — nous nous sommes aussitôt acheté cet immeuble — deux mouflets, l'un est mort d'un accident de voiture, l'autre est devenu médecin, a épousé une Ukrainienne et le petit fils est l'un des plongeurs que j'ai rencontrés à Odessa.

Et me voilà à écouter ses anecdotes sur la guerre, la politique — tous pourris — sur l'amour aussi — j'ai eu plein d'amants, j'aime trop les hommes. Bon, les grands, beaux et musclés, ça passe avec l'âge, sois rassuré !

J'ai failli m'étrangler quand elle a ensuite ajouté avec un clin d'œil un peu de mousse pour cacher l'ombre de mon sexe.

Moi, je ne disais pas grand-chose, juste une réplique pour la titiller, la faire rire pour qu'elle continue.

Son acrobate polonais, un jour, l'a quitté.

– Je n'ai jamais su pourquoi. C'était un saltim-banque, un nomade. Il a dû prendre la route, peut-être même au bas de l'appartement, avec un cirque et il est tombé dans les bras d'une danseuse. Nous avions passé des années formidables, il avait d'autres aventures à vivre, et cette fois je ne pouvais plus l'ac-compagner.

Son silence était nouveau, après les torrents de phrases débitées. J'en ai connu comme celui-là, les semaines après la disparition de Dom.

Elle aspira une forte goulée de son pétard puant.

– Ou alors, parce qu'il trafiquait, l'imbécile, avec les mafias de la ville, il s'est fait tailler des pieds en ciment à sa pointure. Un matin il m'a embrassée et n'est jamais revenu. J'ai trouvé un poste de professeur d'anglais-allemand et élevé seule mes deux bâtards.

Encore un silence.

– À la réflexion, mais j'ai mis des années, je me dis que c'est mieux ainsi. Il était si beau, si fort ! Qu'au-rais-je pensé avec le recul, si je l'avais vu vieillir dans la routine ? Un alcoolo obèse ? Un aigri jaloux et colérique ? Au moins, là, je peux me faire le film que je veux sur lui.

Nous avons bu et rigolé une partie de la nuit. Je ne pouvais dormir, malgré ma fatigue, juste envie de profiter de ce dernier jour de voyage — j'ai fini par sortir du bain, j'avais froid ! —

Je me suis réveillé avec une barre sur le crâne.

Il était tôt, mon enregistrement était prévu à 6 h 30.

Je n'ai pas revu ma Polonaise, princesse de Prusse et de Roumanie.

L'appartement était vide.

J'ai fermé la porte en la claquant derrière moi, juste un souvenir pour passer de l'autre côté du miroir, avec cette promesse que je me fais depuis un mois, à Dom, à toi aussi, celle de toujours repartir.

Embrasse-moi...

La ville est trop grande pour moi.

Je suis effrayé. La ville est trop grande pour moi. Le bruit des voitures, le mouvement de la foule pressée, les odeurs, la pluie, la chaleur lourde. Rien ne me rappelle l'idée que j'avais de la ville, juste deux semaines plus tôt.

Je suis un étranger. La preuve, je porte des chaussures de sport faites en Chine, dont la gauche bâille sur le côté. Une imitation ratée d'Adidas.

Les douaniers auraient dû les garder. Je serai en chaussettes sur le trottoir, mon vieux sac en bandoulière, ma casquette « Navy » vissée sur mon crâne.

Le troisième taxi appelé s'arrête enfin.

Le premier a cru à la farce d'un clochard, le second a levé un doigt d'honneur. Les Parisiens n'ont pas subi le soleil, l'iode et les plongées.

Je me sens affûté, mes muscles répondent.

Je ne suis plus le même homme, je suis devenu cet étranger, comme ils me désignent.

À l'aéroport, un policier m'a interrogé. Une heure d'attente dans un bureau surchauffé avec un café, avant qu'il ne s'assoie devant moi, le passeport pris par le douanier, déposé sur la table, encore prisonnier sous sa main.

Il doit bosser à la DGSI ou à la DGSE. Je n'arrive pas à le déterminer. Il porte la moustache, les cheveux mi-longs. Sous sa chemise ouverte sur une forêt de poils, un crucifix en or retenu par une chaîne épaisse. Je penche pour les Services extérieurs, il n'a pas de flingue. Un flic sans son arme se sent nu.

Il ne me demande rien, il sait tout.

L'ONG embauche dans les règles et avec l'accord des Maisons.

Il veut seulement savoir pourquoi je suis parti.

Une peine d'amour, lui dis-je.

Ça le fait sourire. Et sinon ? Je ne réponds pas, ce serait trop long, j'en ai déjà fait des centaines de pages publiées, sans aucune fin à donner.

Il hausse les épaules après avoir susurré si j'étais intéressé à le rencontrer, plus tard, quand je me serais reposé. Il ne me demande pas de téléphone ni de délai, je reste poli en prétendant que je vais être très occupé, mais disponible, comme toujours, pour les autorités.

Ses doigts glissent le passeport vers moi, ils y sont pourtant encore collés.

– Vous allez repartir ?

– Si j'en ai la possibilité. Pas de limite d'âge pour la plongée.

– Là-bas ?

– J'ai laissé mes coordonnées, je crois qu'ils sont contents de ma prestation. Nous ne sommes pas nombreux…

La main se lève, je prends mes papiers.

Je repousse ma chaise, la paume continue son chemin, au-dessus de la table.

Je la serre.

– Bienvenue au pays, Captain.

Il montre un grand sourire. Je suis un peu désarçonné qu'il connaisse mon surnom. Il me fait savoir qu'il est renseigné. La phrase est prévue avec sa hiérarchie.

Nous sommes debout, près de la porte.

– Quel votre meilleur souvenir ?

– Nous sommes allés au théâtre pour écouter un duo comique. Je fus le seul à ne pas rire. Je n'ai rien compris, ils parlaient trop vite. Je garde en tête les mouvements des yeux de l'un des deux acteurs. Ils ne me quittaient pas, revenaient sans cesse sur moi. L'homme appuyait toutes ses phrases vers un seul spectateur, celui qui ne riait pas. Je souriais poliment, mais jamais en mesure avec la foule. J'ai dû gâcher leur soirée.

L'anecdote l'a amusé.

Il me désigne la sortie, après « un merci pour ça, je vous recontacte, hein ? ». Il me retient la main.

– Une dernière question, sans vous déranger. Le plus important résumé de votre séjour ?

– Les poissons rouges aux yeux bleus, les baleines qui n'existent pas.

Son regard est plus intense.

Il croit un instant que je me moque de lui, et puis il comprend que j'ai rencontré les fées. Cela doit se lire sur mon visage. Je reprends.

– Des killis, les fées des marais. Je crois maintenant aux légendes, pas vous ?

Je l'abandonne sur ma question, je n'ai aucune envie qu'il me raconte ses propres croyances, il ne sera jamais un pote.

La ville est trop grande pour moi, et c'est le bruit des voitures, le mouvement de la foule pressée, les odeurs, la pluie, la chaleur lourde qui me sortent de ma réflexion.

Rien ne me rappelle l'idée que j'avais de Paris, juste deux semaines plus tôt.

Le taxi m'a conduit au garage d'une amie où j'avais laissé ma voiture. Mon téléphone est dans la boîte à gants. Un message urgent à envoyer.

– JE SUIS EN FRANCE !

Quelques secondes et la vibration me fait bondir le cœur.

– EMBRASSE-MOI !
– VOITURE CHARGÉE, CHEZ TOI DANS QUELQUES HEURES !

J'ai encore la mer Noire dans la peau, les fées aux yeux bleus et le vélo jaune. Les levers de soleil et les nuits claires à attendre les drones armés, les missiles et les saboteurs.

Toutes ces plongées.

J'ai le palpitant qui bat.

J'ai pensé à elle tout le temps, même quand j'ai cogné la mine, même sous les rires, l'instruction.

Elle ne m'a pas quitté.

Des heures de route encore.

Je n'ose pas l'appeler, entendre sa voix, trembler.

– EMBRASSE-MOI!
– RENDEZ-VOUS SUR NOTRE PLAGE…

L'été est passé.

La guerre n'a pas seulement quatre saisons, elle est éternelle.

Le ciel montre cette profondeur infinie d'une journée calme de bord de mer sous un lever de soleil immense.

Le même que partout dans les mondes déchirés, le même que l'on soit heureux ou non, celui qui soigne les souvenirs noirs les plus ancrés.

Les vagues se perdent sur le sable, flux et reflux, et encore, si lentement, les mouvements immuables de l'horloge du temps.

Mes empreintes ne s'évanouissent plus, aussitôt

marquées, elles restent.

Le temps s'est accéléré. Je me suis précipité, et puis je l'ai aperçu, derrière une petite dune, notre endroit.

Pas un humain visible, seules des mouettes et ce goéland, je vous assure, il faut croire le poète, le même oiseau qu'à Odessa.

Toujours silencieux, il la surveille, il la protège.

Elle est pieds nus, l'océan vient la caresser.

Elle ne sait pas que je lui ai écrit toutes ces lettres.

Elle lira, bien sûr un jour, que Natalia, aussi, avait les mains dans le dos, serrant un foulard de couleur.

Elle ne sait pas qu'elle aussi avait les cheveux serrés autour d'un même élastique.

La même chemise d'homme, cette fois-ci la mienne, attachée d'un nœud au-dessous du nombril.

Mes pas ne s'effacent plus dans le sable parce que je ne suis plus un passager, je suis là pour rester.

Aucune larme ne coule sur ses joues, sur son menton pour mourir dans une autre eau salée.

Elle sourit.

Elle ne me voit pas.

De temps en temps, elle regarde sa montre.

Elle est seule au monde, elle m'attend.

Soudain, un rire nous surprend tous les deux. Il résonne.

C'est celui d'un couple enlacé.

L'horizon est vide pourtant. C'est le même fantôme qu'à 8h15, tous les jours jusqu'à l'éternité, sur une plage d'Odessa. Je le reconnais, je ne peux pas me tromper. J'en ai le souffle coupé.

Quand j'ouvre les yeux, son regard m'a trouvé.

Elle m'envoie un petit signe, elle ouvre la bouche en silence.

Je lis ces mots sur ses lèvres.

« Embrasse-moi, embrasse-moi. »

Je l'ai cogné droit, comme le battant frappe la panse d'une cloche. C'est un bourdon, avec un son grave en majesté.

Tout ça, c'est pour nous aussi…

Je t'écris ma dernière lettre d'Odessa. Pourtant, tu vas aussitôt me rétorquer, «mais chronologiquement, ça ne marche pas!».

Oui, d'accord, le récit se déroule tout juste après mon arrivée, avant Natalia, les fées aux yeux bleus, la baleine de nos légendes, mon trésor ultime, ce vélo jaune que j'ai retrouvé, mon gosse au short trop grand, le train des âmes fatiguées et ma princesse polonaise, cette héritière, surtout d'une mémoire, celle de l'histoire de l'Europe.

C'était avant mon retour imaginé.

Ton sourire et tes baisers. Ces mots, tant attendus, «Embrasse-moi».

Ton amour trop longtemps repoussé.

C'était avant cette lente mutation, ce renouveau nécessaire vers le simple, le beau.

Un univers échangé pour un autre en si peu de semaines.

Et ce parfum de guerre qui me manquait.

Cette nouvelle aurait dû être offerte en premier, mais je la cachais. Trop d'émotions, de mots à te confier.

Je voulais te l'envoyer, mais j'ai hésité.

Je me trouvais minable.

J'étais là pour aider et soudain, j'étais le faible à protéger.

Et puis, simplement, nous avons cette génétique en nous, parfois oubliée, les envies sont revenues, la guerre est une drogue, l'âge a disparu, Captain est maintenant affûté.

Je leur attache les orins en quelques secondes. Il faut deux plongées aux locaux qualifiés.

Je leur explique sans cesse qu'une mine c'est un objet pensé par un ingénieur pressé, pas un démon de l'enfer qui veut détruire l'humanité.

Quand je relirai cette nouvelle, je serai reparti là-bas, la dose a bien fonctionné.

Oui, ce parfum de guerre qui revenait.

o o o

Je suis remonté lentement vers l'annexe, exténué.

À peine arrivé, j'ai compris.

Le jeune démineur avait baissé sa combinaison de plongée.

Il était prostré à la proue et le pilote l'engueulait.

L'instructeur m'attendait.

Il haussa les épaules, le pouce vers le bas. Il me fallait y retourner.

J'ai dit non, j'ai même tenté de gravir l'échelle de coupée. Il ne m'a pas entendu.

Je pensais que le jeune réussirait à revenir, une prochaine fois.

Surtout, ne pas le brusquer, lui expliquer que la peur est une arme à assimiler et à écouter. Lui sourire, lui apprendre qu'une palanquée c'est déjà compter sur ses potes plongeurs. Au moins, quand on est deux, on est plus seul.

« Tu leur sauveras la vie, un jour ».

Il n'a jamais plus posé le pied dans l'eau de mon séjour.

Hors de l'eau, il était le meilleur analyste des situations compliquées. En une seconde, il imaginait une réponse simple à nos peurs et incompréhensions.

Un génie à laisser loin de la terreur de l'eau salée.

o o o

Le pilote me jette une nouvelle bouteille déjà harnachée au gilet gonflé. Je n'ai qu'à l'enfiler, aussitôt qu'il a récupéré la mienne. Une douze litres. Une petite. Une qu'il gardait en sécurité. Une trop petite, j'essaye de calculer, quarante mètres, le boulot, la remontée. Je n'arrive pas à aligner deux chiffres. Je ne trouve pas une de ses blagues de répartie qui m'aident dans les instants compliqués.

Je n'ai qu'à l'enfiler, aussitôt qu'il a récupéré la mienne. Une routine de vieux routiers.

Il se penche et me hurle comme si j'étais loin qu'il faut y aller maintenant, sinon c'est fichu pour la prime.

– *Davaï! Davaï!*

Je sais.

Il m'a énervé. J'ai une envie sourde de lui foutre mon poing sur le nez.

Le fric, c'est loin de mes pensées. Lui, il doit tout écrire pour être payé. Les minutes, les secondes, les temps et mentir quand nous sommes arrivés aux limites permises par des gens à Bruxelles ou Washington. Comme le nom du démineur paniqué qui sera quand même inscrit participant à la deuxième plongée.

Si j'attends trop au niveau du plancher des vaches, les bulles d'azote vont se former. Je risque l'accident ou il me faudra un trop long palier de décompression. Il va bientôt faire nuit, l'instructeur ne pourra pas me sauver.

Il perdra son habilitation, une famille à nourrir et moi au paradis des fées, je serai bouffé par les crabes et les bactéries.

Dom, tu ne seras même pas au Ciel pour me faire visiter l'enfer fantasmé.

J'ai des kilogrammes en trop à faire grignoter.

Intervalle de moins de quinze minutes, apprend-on

avant la première plongée. C'est comme respirer pour un bébé. Facile.

o o o

Tu te rappelles, mon pote, nos cours de tables et de technique pour valider nos niveaux ? Tu trichais. Tu avais planqué ta montre de plongée, je m'en souviens, sous ton short, jambe gauche. — un ordinateur qui coûtait la peau du cul, et qu'aucun des moniteurs n'avait même essayé —

Moi, je mouillais mon crayon à calculer combien de temps de décompression était nécessaire pour remonter après deux successives à 23 et 42 mètres, 20 et 12 minutes.

Non, mais les gars, d'accord pour vos questions. Mais une plongée de 12 minutes ! C'est vraiment gâché.

Tiens, à la tête du pilote, j'ai aussi compris — je sais un peu compter — qu'ils ne peuvent plus laisser pendre dans l'eau une bouteille en sécurité.

Une première connerie de ma part. Je suis censé être le directeur de plongée. J'ai presque tout oublié des mesures de sauvegarde.

○ ○ ○

Nous ne sommes pas partis avec assez de réserves. Il y en avait pourtant à l'entrepôt. Ça aussi, j'aurais dû le prévoir. Un pro aurait eu le réflexe.

J'aurais eu l'automatisme. Dans un autre temps.

Ne pas leur dire que je ne peux pas y retourner.

○ ○ ○

J'aurais aimé te le raconter, mon pote.

Le voyage suivant, tu aurais été de la fête aussi. Tu n'aurais pas résisté à ce mensonge rituel qui nous tenait : «je pars plonger avec mes vieux potes, rien à craindre».

Et là, nous nous retrouvions sur des missions interdites, toujours concentrés sur les pétroliers, cette première minute d'extraction qui détruit toute la biodiversité.

Te souviens-tu de ces trois mercenaires qui nous attendaient sous l'eau, en Angola, près du bloc 17 où 10 puits d'exploration étaient en test ?

Nos guides les avaient prévenus.

Je les comprends, parce que le pétrole paye plus

cher que les ONG.

Nous avons foncé les premiers après un sourire partagé. Notre colère était la plus forte. Tu as enlevé son masque au plus gros.

Ils ont décampé.

Nous, nous en avons deux dans la poche ventrale. Et nous sommes formés à survivre sans eux.

Pauvres amateurs aux CV gonflés.

Nous avons filmé cet ancien paradis pollué.

J'en ai tiré une conclusion de vie : le premier instant de pompage, le seul à ne jamais être étudié, aurait pu depuis longtemps changer notre consommation. Sa divulgation aurait créé un vent d'horreur bien plus important que l'invisible CO_2.

Tout ça, c'est pour nous aussi, mon amour.

Cette envie soudaine de sortir de soi, de se dépasser, de prouver qu'on existe, pas pour son seul cul bien affirmé, juste pour les oubliés et les opprimés.

Je voulais te l'écrire, un moyen de lui raconter, de lui dire, « mon pote tu me manques ».

Sans toi, je n'aurais jamais su comment.

∘ ∘ ∘

Parce que Dom ne lit plus rien.

Il est mort le 2 juin.

Même l'idée de ses cendres dispersées, lui le plongeur, le skipper, même dans l'océan le plus beau, même ce rituel des marins le rebutait.

Je suis terrifié, pas encore habitué, malhabile, vieux, rouillé, il faut que je calme ma panique, sinon je vais pomper tout l'air comprimé.

Deux jours à Odessa.

Je commence à me dompter la mémoire. À ne pas penser à toi, mon pote. Tu aurais rigolé de me voir là, un peu pathétique, engoncé, raide, au milieu de mes cadets.

Une image a remplacé ton cercueil, son sourire au réveil, le même que j'imagine quand je lui écris.

Avec toi, elles auraient toutes succombé.

∘ ∘ ∘

Je vide l'air de mon gilet, je descends à nouveau. La crampe au mollet est proche.

Les palmes d'un autre âge me font souffrir derrière les pieds, les sangles sont si vieilles qu'elles ne sont plus élastiques.

Il me faut les tirer comme des liens pour paralyser.

Bientôt, j'en achèterai des jaunes que j'offrirai en partant à un garçon au short trop grand, un blondinet comme moi, un ado qui un jour a repoussé l'idée de la serrer dans ses bras.

Dix puis vingt puis trente mètres.

Je retrouve ma grosse balle et ses deux cents kilos de TNT.

Je suis resté deux minutes au premier coup. Il me faut une minute pour le boulot.

J'ai noté que la sécurité d'équipage serait facile à démonter. Elle est en dessous du monstre, à côté de la DSS.

Il n'y a qu'à descendre la chercher.

Tempêtes d'hiver après orages d'été, le bloc lesté — dans notre jargon, c'est un crapaud — a glissé.

La mine a dérivé vers les bas-fonds.

Elle ne protège rien, juste un danger.

Un fantôme enchaîné par un orin pourri qui menace de céder. À cette profondeur, au prochain coup de vent, elle va doucement nager vers le port, invisible, découvrir sa proie au hasard, boum.

Si ça se trouve, ce sera mon quai, au moment du cigare.

Tu en aurais rigolé. « Quand t'as pas de bol, t'as pas de bol ».

« Boulot facile », là, je te vois, tu aurais encore piqué un fou rire.

○ ○ ○

Je raconte d'abord la deuxième remontée, à elle seule.

Toi, tu nous as abandonnés, là, sur une de tes plages, même pas un signe, un au revoir, rien.

Je ne t'en veux plus.

Nous sommes comme cela, frérot. On réfléchit après, mais là, c'est trop tard pour toi. Je ne me ferai plus avoir. Première leçon de ton départ.

Sur mon téléphone, je garde le message de Christina. « Dom est parti ».

Je n'ai pas eu le courage de lui répondre « Nous restons après leur absence ».

Nous sommes là pour que vive leur mémoire.

Une vocation : nous les avons aimés.

Les mots, les phrases sont leurs seuls linceuls.

Comment faut-il l'expliquer encore aux croyants. Dom n'est plus, il n'a pas fait de grand voyage, il ne reviendra pas non plus.

Il nous laisse seuls, si seuls, nous occuper de la vie, de l'amour aussi.

Dominique n'est que poussières d'étoiles.

$$^{18}_{8}O + ^{1}_{1}p \longrightarrow ^{19}_{9}F + \gamma$$

∘ ∘ ∘

Je suis pressé de revoir la surface, mais je dois ralentir sinon c'est la bulle, ta loi de Boyle-Mariotte, « à température constante et pour une quantité de gaz donnée, le produit de la pression p par le volume V est constant». Tu nous la fais répéter, celle-là. L'hôpital d'urgence et quelques heures dans le caisson de décompression, unique sur mille kilomètres carrés.

Une seule place.

Il ne faut pas être deux à en avoir besoin. Il y a quatre équipes dans l'eau aujourd'hui.

Une pensée vers elle, une vers toi.

Des bras me saisissent, me font glisser dans le bateau. Le démineur paniqué a repris ses esprits, il m'aide à me déséquiper, j'arrache mon masque dont le verre a été abîmé. Une chance qu'il n'ait pas explosé, je n'en peux plus et je vois trouble comme un vieux quand je suis à l'air libre.

Il me tend mes lunettes avec un sourire.

Je suis au fond de la petite annexe, assis, presque couché, je n'aperçois rien d'autre que les jambes du pilote, je n'entends que le bruit du moteur, pas de brise, l'odeur d'essence et d'eau pourrie.

D'habitude, je suis aux manœuvres, je range, je plaisante.

Là, je suis au même endroit où ils m'ont posé.

Belle image de vacances à la con.

Rien des vagues, des dauphins, de la ville qui s'approche. Juste des tibias poilus et sa sueur en sus.

Je tremble de tous mes membres, impossible de m'arrêter.

Les mollets sont raides à hurler.

Je chiale, là, bordel.

Un enfant abandonné.

J'ai pissé de peur dans ma combinaison. La chaleur de l'urine me fait honte. Je dois puer.

o o o

Un mois, mon pote.

Des jours et les larmes, toujours.

Trente jours déjà que tu nous as quittés.

Une éternité.

Nous t'avons écouté : tu avais demandé qu'en guise de prière, que ceux qui t'accompagnaient à ce moment se rincent la gorge avec un verre de rhum.

J'en ai repris. Nous avons beaucoup prié !

Ton cercueil était clair, la couleur de ton costume pour notre mariage. Tu l'as fait exprès.

Ils m'ont aidé à débarquer, sans un mot.

J'étais encore tétanisé. Mes jambes refusaient d'avancer.

J'ai filé sous la douche.

Ce corps déshabillé est une infection, une pourriture. Il est vieux, il est dépassé. Il n'a rien à faire dans cette histoire.

Il tremble, il se coince comme s'il me criait de tout arrêter.

Je t'entends, mon pote. Tu parles si fort dans mon crâne. Tu me regardes avec ton sourire en coin.

— Arrête tes conneries. Rentre lui dire tout ce que tu as sur le cœur ! Au moins, ce sera fait, tu ne regretteras plus tes lâchetés passées. Et puis ne repars pas, surtout pas pour moi. J'ai cramé. Je suis un ensemble dispersé d'atomes carbonés. Poussières d'étoiles pour la poésie : tu dois bien pouvoir trouver un peu de fluor dans mon tas de cendres. Ma vieille blague de dentiste : les étoiles, c'est bon pour les dents.

Là encore, sous la douche, je pleure, j'ai envie de gueuler.

J'ai eu peur, je ne l'ai pas déclaré à l'instructeur, je le ferai au débriefing.

J'étais pétrifié.

Ils ont compris, n'ont rien dit.

Mais ils m'ont souri et tapé dans le dos parce que la mer n'a pas vomi sa grosse bulle d'explosion.

Et je suis là, indemne.

Ils voulaient vite rentrer. Mission d'aujourd'hui terminée, rien à signaler.

L'ONG va payer la journée.

° ° °

Pourtant, fatigué, en panique, en colère contre le jeune, j'ai merdé.

J'ai raté l'anneau de l'orin.

Trop de vase, un véritable brouillard marin, la main gauche ne l'a pas trouvé.

Tu n'as pas de gants, tu dois sentir le monstre, ses algues, sa boue, ses coquillages coupants. Tes mains savent quand tes yeux sont aveugles. Tes doigts sont les alliés des démons aussi, quand ils sont trompés par ta peur.

Putain de boulot « facile » qu'ils disaient.

Sans rien pour me tenir, la force du courant avec la marée m'a repoussé et je me suis vautré sur mon fantôme.

Les genoux, bing !

Puis le masque, bang !

Coup de boule contre l'acier.

Putain, où sont mes bras. La seule question à poser, sans réponse à attendre.

Je l'ai cogné droit, comme le battant frappe la panse d'une cloche. C'est un bourdon, avec un son grave en majesté. Pas l'insecte que je t'ai envoyé, bourré par le pollen d'un jour d'été, non la masse de fonte qui retentit pour les mariages.

Les enterrements aussi.

Les baleines, les fées, toutes les sirènes et surtout les sous-marins russes ont dû l'entendre résonner et moi hurler.

Un dimanche de Pâques à Rome.

J'ai fermé les yeux, j'ai attendu la fin, le souffle coupé à moitié assommé.

Les thons sont revenus, la main a trouvé l'anneau, je n'ai pas sauté. J'ai fini le boulot, je ne sais pas comment j'ai fait.

Je suis remonté, concentré sur ma réserve d'air. En quelques secondes en dessous, j'avais presque tout tété. En surface, j'ai craché mon détendeur, j'avais tout consommé. Dernière goulée au goût de sang.

Je saigne des lèvres à l'avoir trop serré. Ou alors c'est mon fantôme d'en bas qui me rappelle à lui : « Ne t'approche pas trop, mon gars, tu ne m'as pas créé. Si tu veux échanger tes belles dents contre un dentier, reviens me voir demain. Je suis prêt. »

o o o

Tu m'avais dit, il y a un an demain — c'est étrange ce fil *WhatsApp* qui continue à vivre —, « on part quand se la refaire cette magnifique plongée sur le Thistlegorm ?

Je t'avais répondu, «avant, je t'emmène visiter le USS Kittiwake, dans les îles Caïmans, je l'ai fait deux fois et sans toi!».

Je t'avais offert un scaphandre en laiton, un huit boulons des années 50, un produit coréen trouvé sous la coque d'une barge sans immatriculation, une mission d'assurance, sans toi. Il doit être dans ton salon au Portugal, dans ce lagon qui sera inondé, un jour. J'adore cette symbolique. Lui restera.

o o o

Ils vont m'engueuler.

Je suis resté trop longtemps sous la douche.

«Le vieux français passe son temps à se pomponner».

Mes sanglots, doucement, se tarissent. Elle m'a tenu dans ses bras. Elle m'a embrassé.

L'eau et le savon ont réouvert une plaie entre mes doigts. Le sang coule, noirâtre sur le carrelage sale.

D'un flash je revois ma main glisser, frôler une antenne, ils disent une corne, ici.

Elles sont rouillées, se cassent si facilement, qu'ensuite tu entends la décharge électrique après un petit nuage chimique.

Impossible d'arrêter le processus.

Je me suis blessé sur un boulon échardé.

J'ai juré comme un charretier.

D'abord rincer la combi puante, se débarrasser de toute cette peur étalée. Mes fringues après.

° ° °

Cependant, quand je t'avais répondu, je n'avais pas pigé qu'il y avait un MAIS à nos certitudes, cette routine de l'habitude, cet oubli de profiter là, maintenant, de ceux qui nous aiment, de ne pas attendre pour hurler « je t'aime », jamais.

Ton temps est compté, toi tu le sais, mon pote, toi l'indestructible.

Farceur.

Tu cachais si bien que tu partirais le premier.

Cette connerie du « va falloir organiser l'agenda… Tu comprends, là, je suis à fond, adjoint à la mairie, sept bouquins à sortir — oui j'ai encore des choses à dire — la vente de la maison, le mariage de ma fille… »

Tu avais rigolé. Nous avions basculé dans le « quand je serai à la retraite… ».

Nous avons détesté cette phrase toute notre vie, elle nous a pourtant rattrapés…

J'étais l'héritier de pirates, toi, le Sicilien qui profitait de la vie sans compter.

Avant Christina, ton plus beau cadeau de vie, j'étais ton meilleur alibi, juste un appel et je pouvais témoigner, j'aurais juré, toujours menti pour toi, les doigts croisés dans le dos.

Toi, tu disais que tu les aimais.

Je n'ai jamais hésité.

Nous devions rester libres, nous l'avions promis.

Ce ne sont pas nos voyages et missions, notre soif d'espace et nos rêves de plongées qui importent, là, et tout ce vide abyssal que j'avais réussi à éclaircir, à essayer de comprendre.

Il faut t'expliquer.

Tu es mort si vite, Marseille, il fallait y arriver.

Marie m'avait accueilli, rue Dabadié.

Elle m'a serré, m'a ordonné de pleurer. «Mais, enfin! Les mecs! Arrêtez vos conneries! Vous avez le droit de chialer!».

Elle m'a ensuite écouté et alors j'ai voulu écrire, raconter que le Temps n'empêche rien.

Que le rôle de l'écrivain, c'est de savoir dire la joie, l'action, mais aussi la tristesse, et toi aussi, mon amour.

Sinon, nous ne servons à rien d'autre qu'à visiter les marchés.

C'est ce «va falloir s'organiser». Cette dérive de la vie, celle qui nous a fait oublier l'essentiel.

o o o

Je m'étire, je craque, j'ai envie de son corps dans mes bras, là.

Elle me serre.

Les lèvres des filles ont toutes le goût des fraises Tagada, pensais-je un jour dans mon trop grand short.

Sentir sa peau, respirer son cou.

Je tremble encore. Mon estomac se contracte.

J'ai du mal à enfiler mes chaussettes.

Un coup d'œil au miroir pour m'apercevoir, blafard, ces cernes foncés, ce regard perdu.

Je suis si loin de celui qui pérorait, juste un mois avant. Le monde qui s'est effondré est à reconstruire, je serai plus prudent, je n'ai plus qu'une seule chance, un rien pourrait tout gâcher.

Nous aurions dû partir le lendemain.

Profiter.

Vivre.

L'appeler, « dis, tu viens plonger avec nous, grattage de dos garanti ? ».

Plus, si affinités.

Trouver un avion et téléphoner à nos contacts, tous ces amis d'aventures qui répondent par un « tu amènes le cognac français ? », pour nous dénicher un équipement, un lit, et nos inoubliables discussions avec ces inconnus passionnés par la mer, en cette langue des frères qui dépasse les grammaires.

Nous faisions comme cela, avant : une amoureuse, un tee-shirt, un caleçon, deux cigares chacun et nos cartes de Dive Master Padi.

Je pensais écrire «nous étions les rois du monde».

Non, nous sommes.

Jusqu'au fond de notre dernière bouteille… d'air comprimé.

J'ai envie de fumer. Je pique une clope, ma première depuis des années.

Et, un jour, elle m'écrira, là, juste comme ça, tu le sais bien mon pote, tu connais bien cette histoire, c'est toi qui l'as inventée.

Un soir avant l'été, déjà une éternité, 107 rue Dabadié…

Mon pote en épilogue

À partir de 1874, Georg Cantor nous prédit en équations la loi des poètes : il prouva alors que l'ensemble des nombres réels contient plus de nombres que l'ensemble des entiers naturels.

Il nous offrit la première définition mathématique de l'infini.

L'infini n'est ni un lieu ni une destination ou un point final. Il y a autant d'infinis que nous voulons les imaginer, tous plus grands que les précédents.

Il en est de même pour les passions, l'admiration, le désir, la haine, l'amour, la joie et la tristesse. Des infinis vivent aussi dans l'espoir ou l'Espérance.

Cantor prédit la loi qui a tout changé de notre connaissance de l'univers, aleph+1, $\aleph 1$. Il n'y a pas une seule ferveur, pas le même désespoir, toujours plus d'infinis, toujours Cantor dans mon esprit.

Un soir avant l'été, déjà une éternité, 107 rue Dabadié — tu vois que je t'ai écouté, toute ressemblance avec des personnages… — nous étions installés à parler du temps qui passe, de la tristesse qui ravage, de nos vieilles amitiés, de l'amour aussi, celui si rare, intriqué, comme observé chez les jumeaux, j'y reviendrai.

J'étais si loin de la vérité.

Je n'envisageais pas de changer, j'ignorais que le choc du deuil devait arriver, terrible, ces vagues immenses qui te submergent à l'improviste, te laissent pantelant, à bout de souffle, encore étonné d'être si bousculé. Et puis, ces appels des plongeurs, qui te racontent en pleurant comme ils t'aimaient et raccrochent, te laissant seul dans la nuit : « oui, mais toi, tu es notre bloc, tu tiens le choc ». Non.

Je n'imaginais même pas que ces magnifiques plongées m'apaiseraient.

J'étais dans un monde de conforts, d'idées, un train-train si loin de la réalité.

Nous étions le 7 juin.

J'avais presque 60 ans.

Dans votre monde de terriens, c'est l'obsolescence programmée.

Dans la réalité, dans notre univers, un plongeur, s'il est qualifié, est toujours respecté.

Le matin, mon pote, je t'avais une dernière fois salué. Je me suis tenu au fond de la salle, discret.

Pas d'officiel, pas de prêtre, pas de croque-mort aux mots compassés.

Tes enfants à la manœuvre.

Une chanson d'*ACDC* et un verre de rhum comme prière, c'était ton idée avant de cramer.

Je l'ai bu, la main dans la poche à me griffer pour ne pas craquer.

Après une bise à Christina, une autre à tes deux magnifiques enfants, je filais.

J'étais juste le familier qui passait. Personne ne m'a remarqué.

Je me suis éclipsé, persuadé qu'aucun dans l'assemblée ne connaissait nos aventures, notre profonde amitié liée à nos secrets partagés.

Et puis, ce furent ces longs sanglots dans la voiture, garée le long d'une voie industrielle, tout ce que tu détestais.

Impossible de démarrer.

J'ai attendu des heures que l'orage passe, prostré.

J'étais incapable de rentrer.

Je suis allé me réfugier au 107 rue Dabadié.

Un bouquet de fleurs pour m'excuser, une bouteille de rosé aussi, un peu de saumon et des douceurs salées, il ne faut pas oublier les petits bonheurs à partager.

C'est tard dans la soirée qu'au détour d'une conversation, je racontais comment j'avais été émerveillé quand, quelques semaines plus tôt, des chercheurs avaient détecté la possibilité d'une intrication des atomes de nos neurones.

Je vous la fais courte : partis pour calculer la vitesse du trajet de l'information entre deux neurones, ils la découvraient plus rapide que la lumière, essai après essai, changements de protocoles et passage du bébé aux copains d'autres laboratoires pour prouver qu'ils s'étaient trompés. Toujours le même résultat impossible.

Rien ne peut dépasser la vitesse de la lumière si ce n'est dans cet infiniment petit que nous commençons tout juste à nous représenter.

J'étais scotché.

Tant d'intuitions déjà évoquées.

Rappelez-vous, toujours Cantor et ses infinis…

Notre cerveau fonctionnerait donc dans une dimension quantique ? Il créerait son propre espace-temps ? Il vivrait le passé, le présent, le futur au même instant ?

Pourrait-il, s'il le désirait si fort, être près d'elle à l'embrasser sans se déplacer, reprendre une dernière discussion avec son pote sans avoir à l'imaginer, pour de vrai ?

Et le cerveau du poète ne serait-il pas le plus affûté, si entraîné à traduire cette éternité, ces infinis, en quelques mots partagés ?

Voilà une définition de l'écrivain qui me va bien : leur cerveau suggère la fiction, et leur mission à perpétuité est d'offrir par le mot, son propre espace-temps, quitte à passer pour un illuminé.

Il suffit alors que la corde symphonique soit tendue, et alors la musique est prête à être libérée. Une muse ou un cauchemar la fera vibrer.

Amis lecteurs, tous ces inconnus, je vous offre ces lettres en forme de nouvelles, elles devaient être écrites pour elle, elles sont maintenant pour vous, elles ne m'appartiennent déjà plus.

Elles rejoignent la dimension de la création, sur le mode Cantor, dans le monde quantique. Elles devraient prouver que le futur dérange le passé, et puis, surtout qu'une œuvre naîtra sans cesse au présent entre les mains de celui qui la lira, et ce pour l'éternité.

J'imagine ce lecteur, dans cinq cents ans, découvrant une bibliothèque oubliée, ouvrant l'un de nos livres : ce dernier, pourtant si vieux, sera le Présent.

Un infini pour un lecteur, un autre plus grand pour le suivant et ainsi de suite.

Prenez ces nouvelles comme elles sont. Écrites au présent, elles se veulent universelles. Je les avais écrites pour mon amour, j'ai essayé de les ouvrir à tous les autres, les vôtres, les fantasmés et les réels. Ils participent tous aux infinis de l'humanité.

Ce livre fut un cri, il est devenu une respiration d'espoir.

Mille excuses à mes fans, il y aura d'autres romans d'espionnage, il me fallait digérer celui-là, ne pas le garder pour moi, un cadeau égoïste pour soigner son ego, une cellule psy auto-intégrée.

« Embrasse-moi » est universel, deux mots à ne jamais gâcher. Tu me le diras ? Oui, j'en suis persuadé. Je crois au Temps, celui qui dit le vrai.

o o o

J'offre ces lettres à tous les amoureux d'Ukraine.

Ceux du passé, ceux du présent.

Pour toujours ils seront dans mon cœur, parce que la guerre les a séparés. Le pire crime qui a existé. Le futur les a déjà vengés.

Je dédie ma colère aux fous de Moscou, ces quelques voyous séniles qui sacrifient à la guerre leur jeunesse, leur si beau pays, bien à l'abri des remparts et des dollars volés à leur peuple, leur haine infantile concentrée sur le pauvre fantasme d'une grandeur qu'ils ont déjà pillée.

Ils seront jugés par l'Histoire, déjà condamnés.

∘ ∘ ∘

Tu n'arrêtais pas de m'expliquer pourquoi il faut aimer et ne pas attendre.

Je racontais à Marie, ce soir-là, pourquoi toi, je t'aimais, mon pote. Pourquoi tu avais raison : l'amour ne peut être reporté.

Merci Dominique.

Mon pote, mon frère, une part si importante de moi évaporé dans un couloir d'hôpital.

À Odessa les étoiles brillent chez toi. Ta maison est somptueuse, tu vas sans doute un peu l'aménager. C'est ton truc. Un bar achalandé, des potes invités, la danse des éphémérides avec une bouteille de rhum entamée. Pas un violon, ce n'est que pour les anges. De la bonne musique, du Jazz et *ACDC*.

Tu ne sauras jamais comment tu me manques et c'est tant mieux, tu m'aurais charrié.

Tu sais, je viens de comprendre l'essentiel. Il n'y a pas de terme pour un ami qui disparaît. Un veuf, on connaît. Un enfant perd ses parents est un orphelin, mais un parent qui perd son enfant, un pote qui emporte une partie de soi, ça n'a pas de nom.

Notre résilience n'a pas de nom.

Tu es mon ami, et ça, seul le poète le sait.

∘ ∘ ∘

Merci Princesse Marie, la fée aux yeux bleus.

Heureusement que durant ces deux jours, tu étais là. J'étais dévasté. Si loin de ce confort que je m'étais créé.

Tu m'as offert ce courage de sortir de mes habitudes, de mes certitudes d'écriture. Il fallait que j'écrive ces lettres pour pouvoir m'évader. Retrouver ce parfum de guerre qui nous fait exister, non pas pour soi, mais pour offrir notre si peu à ces peuples opprimés. Pour pleurer ces lettres, tu sais tant qu'il faut d'abord aimer.

∘ ∘ ∘

Merci Brigitte, le premier baiser aux fraises Tagada.

Grâce à toi, ce projet, si loin de mes écrits, cet OVNI est devenu concret.

Tu as eu l'idée folle de transformer ces lettres pour les publier.

Toi, tu as tout compris.

Tu connais ce déchirement, un autre infini. C'est parce que tu sais, mieux que nous tous, qu'il y a près de soi, et on ne le sait pas assez, non pas un ange — ils n'existent pas — mais son cœurdonnier à trouver, un trésor que les fées ne pourront jamais cacher.

○ ○ ○

Mer noire, 2023

«C'était avant cette lente mutation, ce renouveau
nécessaire vers le simple, le beau. Et ce parfum de
guerre qui me manquait.»

Bibliographie de Patrick de Friberg

Passerelle Bankovski. 2005
Homo futuris, 2006
Exogènes, 2007
Le Représentant, janvier 2010
Le Dossier Déïsis, 2010
Momentum, 2011, grand prix du Cercle Caron, Paris.
Genetik Corp., 2012
Le Dossier Rodina, 2014
Monsieur Jour, 2015
Nous étions une frontière, 2017
Le Dernier codex, 2018
Les Illégaux, 2019
La Doctrine Guerrassimov 2021
Complots toxiques, 2022
Le Protocole de l'extinction, 2023

Sous le pseudonyme de John Barnett :

La véritable histoire du Watergate, 2015
La véritable histoire de l'assassinat d'Elvis Presley, 2015
JFK, 2023
Castro, 2023
Marilyn, 2023
Un pas sur la Lune, 2023
Roswell, 2023
Guerre Froide, 2023

Sommaire

Directrice des publications
Pascale Privey

Assistants de publication
Maxence Biemel, **Emmanuel Tugny**

Conception graphique
Julien Vey - Atelier Belle lurette

Dépôt légal en novembre 2023

I
Imprimé et relié par
BoD – Books on Demand,
In de Tarpen 42, Norderstedt (Allemagne)
Impression à la demande

ISBN 9782494506404

©2023, **Ardavena Éditions**

www.ardavena.com

Milton Keynes UK
Ingram Content Group UK Ltd.
UKHW021828041023
429927UK00015B/550

9 782494 506404